地势坤，君子以厚德载物。

品最美唐诗
四时之诗

蒙曼 著

花山文艺出版社
河北·石家庄

图书在版编目（CIP）数据

四时之诗 / 蒙曼著 . -- 石家庄 : 花山文艺出版社，
2023.6（2025.8 重印）
（品最美唐诗）
ISBN 978-7-5511-6356-9

Ⅰ . ①四… Ⅱ . ①蒙… Ⅲ . ①唐诗—诗歌欣赏 Ⅳ .
① I207.227.42

中国版本图书馆 CIP 数据核字（2022）第 208426 号

从 书 名：品最美唐诗
书　　名：**四时之诗**
　　　　　Sishi zhi Shi
著　　者：蒙　曼
出 版 人：郝建国
出版统筹：李　爽
责任编辑：温学蕾
责任校对：李　伟
装帧设计：沐希设计
美术编辑：王爱芹　顾小固
出版发行：花山文艺出版社（邮政编码：050061）
　　　　　（河北省石家庄市友谊北大街 330 号）
销售热线：0311-88643299/96/17/34
印　　刷：北京盛通印刷股份有限公司
经　　销：新华书店
开　　本：880 毫米 × 1230 毫米　1/32
印　　张：9.375
字　　数：154 千字
版　　次：2023 年 6 月第 1 版
　　　　　2025 年 8 月第 9 次印刷
书　　号：ISBN 978-7-5511-6356-9
定　　价：56.00 元

序

敲开唐诗王国的大门

蒙曼老师在喜马拉雅的《蒙曼品最美唐诗》，获得了一千七百多万点击量的历史纪录。这是喜马拉雅开播以来，以讲读诗词为主的节目中收听人数最多、影响最大的节目。

我认识蒙曼老师始于中央电视台的《百家讲坛》。2006年1月，我开始在《百家讲坛》栏目录制《项羽》。2007年1月，蒙曼老师开始录制《武则天》。

2005年、2006年、2007年、2008年，这四年是《百家讲坛》的早期，也是《百家讲坛》的黄金期。

蒙曼老师2007年1月登坛时，才三十二岁，是这一时期走上讲坛的最年轻的主讲人，并以独到的女性选材，让武则天、太平公主、杨贵妃等一系列女性进入了中国观众的视野，获得了极大的成功。此后的《大隋风云》，盛况不减，好评如潮。自此，蒙曼老师在《百家讲坛》收获了成功与荣誉，奠定了她作为当代文化名人的地位。此后，她在中央电视台几个大会的优异表现，进一步巩固了这一地位。

专攻隋唐史，在大学讲隋唐史，并以讲隋唐史在《百家讲坛》出名的蒙曼老师，解读唐诗同样获得了极大的成功。

蒙曼解读唐诗的特点非常鲜明：一是通俗易懂；二是准确到位。这两点看似容易，其实非常不易。

中国古典诗词是中华文化的重要瑰宝，唐诗是中国古典诗词的皇冠。中国人不会背几句唐诗的大概没有，因为，从新中国成立以来，除了极为特殊的年代外，每个时代的小学语文课本都会选录一定数量的唐诗作为必讲课文。因此，对唐诗的认同与熟悉是中国听众的一大特点。但是，绝大多数听众对唐诗的认知往往停留在似曾相识，或者会背全诗而缺少精准理解的层面上。

蒙曼老师在喜马拉雅的成功，首先在于她对唐诗的精准理解。十几分钟的讲解，会让讲了多年的主讲人最初感到很容易，但真正做下去，才知道它并不容易。唐诗看似熟悉，可是精准理解太难。离开了对一首首唐诗的精准理解，讲解，绝对不会成功。正是这一点，蒙曼老师充分发挥了她的特长——超强的理解能力使她迅速成功"跨界"。

除了精准的理解，还需要通俗的表达。喜马拉雅的听众，不少是年轻的母亲带着年少的孩子，他们构成了在《中国诗词大会》影响下快速走进唐诗王国的亲子听众。通俗，成为敲开认知唐诗大门的工具。得益于丰富的教学经验和《百家讲坛》的成功普及，蒙曼老师迅速成为最受欢迎的喜马拉雅的主讲人，成功向广大听众普及了唐诗。

在《中国诗词大会》（第三季）总决赛的录制现场，蒙曼老师邀请我为她的《四时之诗：蒙曼品最美唐诗》一书作序，我当场欣然同意。作序实不敢当，写几句话，谈谈我所知道的蒙曼老师，义不容辞。在《百家讲坛》，在《中国诗词大会》，在北京市每年年初的北京图书订货会，在每年一度的中国国际图书博览会，我与蒙曼老师共同参加了多场活动。我欣赏蒙曼老师简约的生活，欣赏蒙曼老师精到的发言，更欣赏蒙曼老师正直、真诚、朴素的为人，她能成为北京市出席中国共产党第十九次全国代表大会的代表，是实至名归。

蒙曼老师还很年轻，她在中国当代电视文化的传播路上还有很长的路要走。借此书出版之际，我祝贺蒙曼老师取得的成功，更乐意看到蒙曼老师继续为中国电视文化做出更大、更多的贡献。

王立群

自序

相遇在这如许美妙的四时之诗

2017年，农历丁酉年。正月十五那天，伴着满城的灯火，满天的烟花，我在喜马拉雅推出了一个节目，叫《蒙曼品最美唐诗》。那个时候，刚过立春，不到雨水，东风尚软，万物方苏。当时我确定的原则，就是按照季候来讲诗，和大家在四季的变换中一起赏读诗人笔下的春花秋月，也品味人生的苦辣酸甜。之所以这样安排，是因为古人对季节的变化、对节日的情感，真的比今人敏锐太多，也细腻太多。

一千多年前的唐朝，还处在传统的农业社会。春种、夏锄、秋收、冬藏，全都按照自然的节奏，接受着老天的安排。没有现代钟表的精确报时，但是，人们知道，春天的一丝和风到了，那是"淑气催黄鸟，晴光转绿苹"；夏天的一缕荷香来了，那是"荷风送香气，竹露滴清响"；秋天的一滴露水凝了，那是"露从今夜白，月是故乡明"；冬天的一片雪花飘了，那是"终南阴岭秀，积雪浮云端"。顺时而动，就是天人合一。

一千多年前的唐朝，也正是社会日益活跃、人们开始东奔西走的时代。做官的出门游宦，念书的出门游学，从军的出门征战，经商的出门行商，甚至娇羞的姑娘，也会迈开她们健康美丽的天足，走出家门，到林间采桑，到水边采莲。有谁会比出门在外的人更关注节气的转换、天气的变化呢？只有他们，才会看到"玉露凋伤枫树林，巫山巫峡气萧森"的他乡之景，听到"五月不可触，猿声天上哀"的异地之音，感受到"轮台九月风夜吼，一川碎石大如斗，随风满地石乱走"的边塞气息，当然，也沉浸在"素手青条上，红妆白日鲜"的青春律动中。

一千多年前的唐朝，更是中国古代盛世的巅峰。日子过得丰足，节庆也才格外热闹。"火树银花合，星桥铁锁开。暗尘随马去，明月逐人来。"我们在这样华丽的诗篇中开场，又在"潮平两岸阔，风正一帆悬。海日生残夜，江春入旧年"的浑雄韵律中收束。我们用唐诗来体味端午、七夕、重阳这些传统佳节的动人风情，也用唐诗来表达情人节、建军节、教师节这样一些当代节日的精神实质。

可能有的朋友注意到了，我们的诗里，并没有把二十四节气写全，也没有把所有的传统节日都吟到。为什么呢？因为我们最核心的蓝本，就是蘅塘退士的《唐诗三百首》，这三百多首诗，是从五万余首唐诗中精挑细选而来，代表着唐诗的风骨、风雅与风流。我确信，所有的节气、节日都有诗，但不是所有的节气诗、节日诗都是好诗。我愿意把古人苦吟的精华拿来和大家分享，让大家和我一起，细细领略那穿越千年而来的风花雪月，和那历经千年而不朽的绣口锦心。

那么，这本《四时之诗：蒙曼品最美唐诗》是否仅仅是喜马拉雅那档节目的文字版呢？当然不是。这是按照一个更清晰的主题精心选择，精心编排也精心修改过的三十二首诗。这些诗围绕着四季的节气和节日，其实就是围绕着唐代的岁月轮回，围绕着唐人的生命轮回。我希望在这轮回中看到他们——李白、杜甫、王维，更希望在这轮回中看到我们——你、我和他。我们和他们，古代和今天，传统和未来，就相遇在这如许美妙的四时之诗中。

目录

春

杜审言

《和晋陵陆丞早春游望》 003

苏味道

《正月十五夜》 010

李白

《长干行》 017

杜甫

《春夜喜雨》 025

杜秋娘

《金缕衣》 034

韩翃

《寒食》 043

王维

《奉和圣制从蓬莱向兴庆阁道中留春雨中春望之作应制》 053

夏

孟浩然

《夏日南亭怀辛大》 065

孟郊

《游子吟》 072

李白

《江上吟》 080

王维

《积雨辋川庄作》 088

高骈

《山亭夏日》 099

元结

《石鱼湖上醉歌》 107

王昌龄

《出塞》 117

秋

王维

《山居秋暝》 127

杜牧

《七夕》 135

杜甫

《月夜忆舍弟》 144

唐玄宗

《经邹鲁祭孔子而叹之》 153

王建

《十五夜望月寄杜郎中》 164

杜甫

《秋兴·玉露凋伤枫树林》 171

王维

《九月九日忆山东兄弟》 180

冬

卢纶

《塞下曲》(其二)　191

祖咏

《终南望余雪》　201

李白

《北风行》　210

白居易

《问刘十九》　219

杨炯

《从军行》　226

岑参

《走马川行奉送封大夫出师西征》　233

王湾

《次北固山下》　243

四时之歌

李白

《子夜吴歌·春歌》　255

李白

《子夜吴歌·夏歌》　262

李白

《子夜吴歌·秋歌》　269

李白

《子夜吴歌·冬歌》　276

春

寒来暑往，四季轮回。一过了年，春天就到了。春天是万物萌动的季节，春天是桃红柳绿的季节，春天也是最具诗情画意的季节。中国古代的诗人固然是一年四季都写诗，但写得最多的还是春天。春天是属于花和鸟的，是"迟日江山丽，春风花草香"，也是"千里莺啼绿映红，水村山郭酒旗风"。春天又是属于鱼和虫的，是"细雨鱼儿出，微风燕子斜"，也是"今夜偏知春气暖，虫声新透绿窗纱"。春天还是属于男和女的，是"春风得意马蹄疾，一日看尽长安花"，也是"去年今日此门中，人面桃花相映红"。没有春天，就没有如许好诗；同样，没有好诗，也就没有如此永恒的春天。

杜审言《和晋陵陆丞早春游望》

春天的第一个节气就是立春。所谓"立",就是开始。

这一天,"阳和启蛰,品物皆春",辛苦的耕耘即将开始,满怀的希望也随之而来。

这一天,朝廷里的官员都要峨冠博带,随着天子到东郊迎春;民间的孩子,则会人手一个甜甜脆脆的大萝卜,嘻嘻哈哈地咬春;而闺中的女儿,则会在头上戴着彩绸或者彩纸剪成的春幡,让它随着浩荡的东风,随着年轻的脚步一起绽放,一起招摇。

辛弃疾《汉宫春·立春日》词云:"春已归来,看美人头上,袅袅春幡。"真是旖旎动人。

如许春光,在游子的心头,又是如何呢?

和^①晋陵^②陆丞早春游望

杜审言

独有宦游人，偏惊物候^③新。

云霞出海曙，梅柳渡江春。

淑气^④催黄鸟，晴光转绿苹^⑤。

忽闻歌古调^⑥，归思欲沾巾^⑦。

---

① 和：指用诗应答。

② 晋陵：今江苏省常州市。

③ 物候：指自然界的气象和季节变化。

④ 淑气：和暖的天气。

⑤ 绿苹：一作"绿蘋"，即浮萍。

⑥ 古调：指陆丞写的诗，即题目中的《早春游望》。

⑦ 巾：一作"襟"。

这首诗写得真好。好在哪里呢？好在一开始就告诉你人生的一个道理。看惯的风景不是风景，人往往更容易在陌生跟熟悉的对比中发现美。比如，我是北方人，冬天习惯了冰天雪地，到了海南岛，看蕉风椰雨，就觉得特别温润，因此也感觉特别美。相反，你从四季如夏的海南来北京，看到白雪飘飘，也会觉得特别奇特，特别美。

诗人也一样，他第一句话就说："独有宦游人，偏惊物候新。"宦游人是什么人呢？就是因为做官而跑到外地的人。古代人活动范围小，一般老百姓可能一辈子都不会离开家乡。只有做官的人、赶考的人，或者经商的人才会有机会到外地去，感受不一样的风光。这首诗的作者杜审言就是这么一个到外地做官的人。他的老家在湖北襄阳，但出生地是河南巩义，因此他算是河南人。一个河南人跑到晋陵（今江苏常州）做官，从黄河流域跑到了长江流域。原来在老家的时候，日子一天天过下去，四季变换当然也会感觉到，但是因为太熟悉，不会特别敏感。可是到了江南，到了陌生的地方，心一下子就敏感起来了，特别容易感受到新季节、新风景。

中国人安土重迁，宦游人都是数着日子过的，盼着回家。所以一到换季的时候，心里就像被重重地打了一下，哎呀，我

云霞出海曙，梅柳渡江春。

是冬天出来的，或者我是秋天出来的，现在都是春天了，我已经离家那么长时间了。这就是"独有宦游人，偏惊物候新"。

再看下两句："云霞出海曙，梅柳渡江春。"这两句写得真漂亮。云霞从海上升起来，这是曙光降临了；梅花开了，柳叶绿了，春天降临了。从远景写到近景，这个景色美不美呢？太美了，跟谁比美？跟天未亮的时候比是美的，跟冬天比是美的，还有，跟作者的故乡比也是美的。作者的故乡河南，是看不到云霞出海的壮观景象的，而且春天降临得也晚，早春二月还是万木萧条呢。可是江南春早，同样是早春二月，渡过江来，就已经是梅花开，柳眼舒了。所以叫"梅柳渡江春"。

这个美景还没写完。马上，从画面又写到声音了，"淑气催黄鸟"，淑气就是阳和之气，所谓紫气东来，春天的气息来了。黄鸟，也就是黄鹂，被春天的气息鼓舞，叫得更欢了。《诗经》讲"有鸣仓庚"，杜甫讲"两个黄鹂鸣翠柳"，都把黄鹂的啼声和春天的到来联系在一起。春天就是能给人以这样一种全方位的舒畅，不仅有花香，还要有鸟语。那"晴光转绿苹"呢？这时作者的眼光从天空下降到水面了，太阳升起来了，所以水面的浮萍光影流转。这像什么？像法国画家莫奈那幅著名的《睡莲》。这就是江南的春天，声和色、光和影，无一不美。

春天的江南如此美丽，作者应该满心欢畅了吧？恰恰相反。作者忽然沉默了，忧愁了，黯然神伤了。为什么呢？"忽闻歌古调，归思欲沾巾。"这首诗的题目，不是《和晋陵陆丞早春游望》吗？作者的朋友陆县丞，就是姓陆的副县长，忽然吟诵起了《早春游望》。可能这是一首思乡的诗吧，这首诗一下子触动了杜审言的思乡之情，让他在春游的途中忽然流下眼泪，想回家了。

为什么呢？不见得是因为陆副县长这首诗写得多好，也许只是因为作者的思乡之情太深。就像一个蓄满了春水的池塘，随便捅一捅哪里，水就哗啦啦流出来了。与其说杜审言一听陆副县长的诗就想家了，还不如说，杜审言从一开始看到江南春色就想家了。哎呀，江南都桃红柳绿了，我老家那条大河还没解冻呢，就在这么一看一比的时候，家乡自然而然地就回到杜审言心里。

为什么这么美的景色也留不住杜审言的心呢？因为"江山信美，终非吾土"。杜审言也罢，我们也罢，选择远行，确实因为"江山信美"，外面不仅有美丽的风景，更有美丽的前程。但是，就像一年一度的春节我们都要回家一样，杜审言还是会思乡。故乡也许没有那么美丽，没有那么美好，但那毕竟是我们的家，是我们最初的来路，谁又能忘了它呢！所以，这首诗是以"偏惊"开头，以"沾巾"结尾，让春天的柳丝和思乡的情丝缠绕在一起，绵绵不绝。所以明朝人胡应麟说，这是"初唐五律第一"。

最后说说杜审言吧，好多人都知道他是"诗圣"杜甫的祖父，却不知道他也是最最狂傲的一个诗人。他曾经夸下海口说："吾文章当得屈、宋作衙官，吾笔当得王羲之北面。"论文章，屈原、宋玉都得给我当下属；论书法，王羲之都得给我磕头作揖。唐突古人也就罢了，批评起同时代的人，杜审言更是口不择言。当年，他还是小秘书的时候，负责在各地官员的年终总结上写评语。有一次写完评语出来，见人就说，苏味道该死了。苏味道是谁呢？苏味道是大诗人，也是当时的吏部侍郎，相当于现在的组织部副部长。别人一听吓坏了，忙问为什么，他说，苏味道一看我写的评语这么漂亮，还不得羞死？这得是多狂傲，才敢这么攻击自己的领导。

为什么要说这件事呢？我其实是想说，无论多狂傲的人，心里都藏着一个美丽的春天，还有一个更美丽的家乡。他们也许一生都不会向任何人低头，但是，对春天、对故乡，他们只有赞叹，只有眷恋。这就是诗人。

苏味道《正月十五夜》

春节过后，第一个大节就是元宵节。元宵节古称上元节、灯节，西汉开始出现，到唐朝已经盛极一时。只不过，唐朝人还没有发明元宵，无法吃着元宵过节。那在唐朝人们怎样庆祝佳节呢？最有吸引力的活动就是放花灯。唐朝不仅花灯放出了高度，诗也写出了高度，其中最著名的上元诗篇，就是苏味道的《正月十五夜》。

正月十五夜

苏味道

火树银花①合，星桥铁锁开②。

暗尘③随马去，明月逐人来④。

游伎⑤皆秾李⑥，行歌尽落梅⑦。

金吾⑧不禁夜⑨，玉漏⑩莫相催。

---

① 火树银花：比喻灿烂绚丽的灯光和焰火。特指元宵节的灯景。

② 铁锁开：比喻京城开禁。

③ 暗尘：暗中飞扬的尘土。

④ 逐人来：追随人流而来。

⑤ 游伎：歌女、舞女。一作"游妓"。

⑥ 秾（nóng）李：此处指观灯歌伎打扮得艳若桃李。

⑦ 落梅：曲调名。

⑧ 金吾：原指仪仗队或武器，此处指金吾卫，掌管京城戒备的官署名。

⑨ 禁夜：指宵禁。

⑩ 玉漏：古代用玉做的计时器皿，即滴漏。

正月十五，现在已经没那么热闹了。但在古代，它算是个大节，叫上元。所谓上元、中元、下元都是道教的说法。上元正月十五，是天官赐福；中元七月十五，叫地官赦罪；下元十月十五，是水官解厄。三者之中，上元最是普天同庆。

上元最大的好处是什么呢？绝不是吃元宵。吃元宵是宋朝以后才有的习俗。上元节有另外两大好处。第一个好处是点花灯，第二个好处是不宵禁。这两个好处，在今天虽没什么意义，但在古代可不同寻常。古代没有路灯，没有霓虹灯，晚上照明就靠月亮。只有上元节前后，从官府到商家再到私人，家家举火，户户点灯，一下子把夜空照亮，这是平时看不到的景象。

另外，中国古代一直实行宵禁政策。一到晚上，大家都得规规矩矩待在家里，街上黑灯瞎火，冷冷清清。还有金吾卫监督执行，谁要是不回家就抓起来。只有上元节这几天会解除宵禁，让大家出来赏灯。这样一来，上至达官贵人，下至平民百姓，家家户户，老老少少，男男女女，在上元节的晚上都拥上街头，所以，上元节又是中国古代的狂欢节。

苏味道这首《正月十五夜》写的就是唐朝上元节的狂欢。第一句，"火树银花合，星桥铁锁开"。火树银花形容灯光绚烂。可能有人会说，这不是形容焰火的吗？当然不是，唐朝还没有焰火。但唐朝的时候，正月十五点灯的规模特别大。比如，唐玄宗的时候，在皇城前面树灯轮，高二十丈，上面挂五万盏灯，可以想象何等壮观。所谓火树银花，就是说在灯光照耀下，树如火树，灯如银花。那为什么"火树银花合"呢？因为天上的星星和地上的灯火连在一起，而且从南到北、从东到西，满城的灯光连在一起，所以天地、四面八方都合在一起了。这个场景太动人了，所以这句诗一出来，后人就反复引用和化用。比如，辛弃疾"东风夜放花千树"，就是从这儿来的。现在"火树银花"已经是成语了。

"星桥铁锁开"又是什么意思呢？星桥是唐朝洛阳城的星津桥，位于著名的天津桥之南。要知道，苏味道这首诗是武则天时代写的，武则天时代的都城在洛阳，星桥是洛阳最重要的一座桥。因为这座桥北面是宫城和皇城，也就是皇宫加政府办公区，南面是老百姓的生活区。平时这里戒备森严，但是，正月十五举国狂欢，所以这座桥上铁索都打开了，皇帝、文武百官都走出来，与民同乐。这一联诗，等于描绘了一幅全景图，节日气氛立刻被烘托出来了。

下一联，"暗尘随马去，明月逐人来"。这是从宏观到微观了。风流倜傥的美少年们骑马游街，把地上的尘土都卷起来了。如果没有灯，这种浮尘是看不到的，但是，在节日灯光的映照下，就可以看见一团团的尘土随着马在跑，这是地上的场景。那抬头看天呢？正月十五是月圆之夜，一轮明月涌出，把月光洒在每个人身上。如果从骑马人的角度来看，就是地上的浮尘随着人在走，天上的月亮也随着人在走。一个明，一个暗；一个是细小的微尘，一个是又大又圆的月亮；一个去，一个来，对照也特别好。

再下一联更好了，讲到最美的地方了。从男性讲到女性了。"游伎皆秾李，行歌尽落梅。"游伎是什么？是歌女，唐朝的文艺工作者，大众偶像，她们个个艳如桃李。《诗经》里有一句话讲"何彼秾矣，华如桃李"。苏味道把它借过来了，说"游伎皆秾李"。美人出现，已经非常好看了。这还不够，这些美人不是静态的，而是动态的，她们是"行歌尽落梅"。所谓"行歌"就是边走边歌，载歌载舞。唱什么呢？唱《落梅》，或者叫《落梅花》。唐朝有两支最流行的曲子，一支叫《落梅花》，一支叫《折杨柳》。所以李白写"黄鹤楼中吹玉笛，江城五月落梅花"，又写"此夜曲中闻折柳，何人不起故园情"。今天我们有一支曲子叫《梅花三弄》，就是从《落梅花》演变过来的。这些桃李年华的歌女唱着《落梅花》走过来了，一方面是自娱自乐，另一方面也是给大众表演，给自己做广告，这就是狂欢节的高潮。其实我们也知道，正月十五这么吸引人，是因为这一天在大街上公开露面的不光是肆无忌惮的小伙子，还有平时深居闺阁的姑娘。他们在这么欢快的场合碰见了，难免就会有抛媚眼、捡手帕之类的事情发生，所以元宵节又有"中国情人节"的说法。欧阳修说"月上柳梢头，人约黄昏后"不就是这个意思嘛！

到这里，宏观也有了，微观也有了；天上也有了，地下也有了；小伙子也有了，姑娘也有了，节日的欢乐气氛达到高潮，接着就要考虑收尾了。怎么收呢？"金吾不禁夜，玉漏莫相催。"金吾卫，是唐朝的府兵十二卫之一，相当于今天的警察。平时金吾卫是执行宵禁，监督人们晚上回家睡觉的，可是正月十五这一天，连金吾卫都放松下来，让老百姓尽情享受节日狂欢。可是玉漏这恼人的计时器，为什么还在一滴滴滴下水来，仿佛催促人们快点儿回呢？玉漏啊，你能不能别再催了呢？

这一句结束得真好，人生的感慨出来了。上元之夜太美好了，谁不希望永远停留在这美好的一刻呀！可是时间就是那么无情，所谓"逝者如斯夫，不舍昼夜"，无论你愿意与否，它都按照自己的节奏，一分一秒地溜走，也一分一秒地催促着你，从今天的节日，进入明天的日常；从今天的狂欢，进入明天的平淡，乃至从此刻的青春，最终步入白发苍苍的晚年。这就是人生的不得已，但是，也正因如此，更彰显上元之夜的迷人。从尽情欢乐到微微的惆怅，这正是节日带给我们的普遍感受吧。苏味道把它表达得如此动人，如此微妙，历代文人都觉得，这是描写元宵节最好的诗篇。

最后说说苏味道，他是武则天后期的宰相。武则天推崇文学，喜欢才子，所以选了好多大文豪当宰相，苏味道是其中之一。但是大家也知道，武则天经常搞政治清洗，所以大臣们都很谨慎。苏味道有一句名言"处事不欲决断明白，若有错误，必贻咎谴，常模棱以持两端可矣"，故世号"苏模棱"。处事模糊，写诗却明明白白，风流潇洒，可见诗人和政治家还真不是一回事。还有件事值得一提，宋朝著名的"三苏"——苏洵、苏轼、苏辙就是苏味道的后裔。当然，他们无论在政治上，还是文学上，都比祖先更出彩。

李白《长干行》

冰雪消融，大地春回，万物萌动，爱情也该萌动了吧？春天不止一个情人节，上篇我们讲了号称"中国情人节"的元宵节，而2月14日是西方国家的情人节。等到农历三月三，还要迎来中国最古老的情人节——上巳（sì）。这么多的情人节密集降临，一波一波地向我们传递着青春的美好、生命的喜悦。有没有"袅晴丝，吹来闲庭院，摇漾春如线"的感觉？下面我们就借着情人节这个话题和大家分享一首最具中国风的爱情诗——《长干行》。

长干行^①

李白

妾发初覆额，折花门前剧。 郎骑竹马来，绕床^②弄青梅。

同居长干里^③，两小无嫌猜。 十四为君妇，羞颜未尝开。

低头向暗壁，千唤不一回。 十五始展眉，愿同尘与灰。

常存抱柱信^④，岂上望夫台。 十六君远行，瞿塘滟滪堆^⑤。

五月不可触，猿声天上哀。 门前迟行迹，一一生绿苔。

苔深不能扫，落叶秋风早。 八月蝴蝶黄，双飞西园草。

感此伤妾心，坐愁红颜老。 早晚^⑥下三巴^⑦，预将书报家。

相迎不道远，直至长风沙^⑧。

---

① 长干行：属乐府《杂曲歌辞》调名。

② 床：井栏，后院水井的围栏。

③ 长干里：在今南京市。

④ 抱柱信：典出《庄子·盗跖篇》，写尾生与一女子相约于桥下，女子未到而突然
涨水，尾生守信而不肯离去，抱着柱子被水淹死。

⑤ 滟(yàn)滪(yù)堆：长江三峡之一瞿塘峡峡口的大礁石，农历五月涨水没礁，
船只易触礁翻沉。

⑥ 早晚：多早晚，何时。

⑦ 三巴：地名，即巴郡、巴东、巴西，在今四川东部地区。

⑧ 长风沙：地名，在今安徽省安庆市的长江边上。

通篇读下来，这口吻、这节奏，多像民歌呀。其实，《长干行》本来就是民歌的曲调，李白这首诗，属于民歌的再创造。所以特别清新，特别明朗，犹如一缕清风。

为什么说这首诗是最具中国风的爱情诗呢？因为它描述的不是一份激情，而是一份长情。西洋的爱情往往是激情式的，比如，少年维特遇到少女绿蒂，少妇安娜遇到贵族渥伦斯基，都是爱到翻江倒海，生死相随。这种感情激烈，也短暂。所以我们看西洋的童话，王子爱上公主，历经磨难，从此幸福地生活在一起，故事也就结束了。因为轰轰烈烈的爱情之后的生活太平淡，跟恋爱的激情无法相提并论。所以，他们讲结婚是恋爱的坟墓，所以他们听到杜拉斯说，"和你的青春美貌相比，我更爱你现在备受摧残的容颜"，会特别感动，因为这样的感情不寻常。

但是中国人不一样，中国人追求的不是一把火的炽烈，而是一江水的长情。长到什么程度呢？长到像这首诗里说的，从"妾发初覆额，折花门前剧"开始，直到什么时候结束？不是到结婚结束，而是两个人，一辈子，就这样相爱、相守、相思。

具体看一下这首诗。这份长情是怎么开始的呢？这首诗，是以一个少妇的口吻，从追忆开始。"妾发初覆额，折花门前剧。郎骑竹马来，绕床弄青梅。同居长干里，两小无嫌猜。"古代人长大之后就要束发了，男子戴冠，女子插上发笄。但是小时候，还没有束发，也没有总角的时候，头发就是自然垂下来的，这就是垂髫（tiáo），也就是诗里说的，妾发初覆额。那具体是多大呢？三四岁的样子。小女孩儿三四岁，小男孩儿也大不了多少，所以才会拿一根竹竿当马骑，我们小时候也是这样，还会唱儿歌，"骑大马，戴红花，喇叭吹响嘀嘀嗒"。一千多年了，一代一代的人，都这么度过童年。

小男孩儿骑着竹马来找小女孩儿，然后两个人就"绕床弄青梅"，绕着院子里的井栏追逐打闹，互相争一枝青梅。这里的"床"和"床前明月光"的"床"一样，不是睡榻，而是井床，也就是围起来的井栏。在古代，井就是家的象征。暖暖的春天，青青的梅子，天真无邪的孩子，这是多么纯净的画面，多么纯净的情感啊。所以，下一句自然而然就出来了，"同居长干里，两小无嫌猜"。中国古代不是讲"男女授受不亲"吗？这两个孩子，又不是贾宝玉和林黛玉那样的姑舅兄妹，为什么能这样无拘无束地一起成长呢？因为他们"同居长干里"。长干，在如今南京市的秦淮河到雨花台一带，三国时候孙权父子在那里建立大市，成为商贾辐辏（còu），船家聚集之地。所以小男孩儿和小女孩儿是商人的儿女或市井人家的小孩儿。一般来说，他们比农家的孩子更活泼，又比贵族人家的孩子更自由。所以，这一对小儿女才能发展出这么无拘无束的感情。这种感情，我们今天已经概括成两个最美的成语了，叫"青梅竹马""两小无猜"。

这样相伴着长大之后，两个孩子自然而然地谈婚论嫁。唐朝法定的婚姻年龄是男十五，女十三。这首诗的主人公小女孩儿，在十四岁的时候嫁给了童年的伙伴。可能有人会觉得，这样哥哥妹妹式的婚姻太没有新鲜感了吧？才不是。诗里写的是，"十四为君妇，羞颜未尝开。低头向暗壁，千唤不一回"。平时熟悉归熟悉，一旦做了新娘子，小姑娘还是那么羞涩，就那么低了头，对着墙坐着，无论小伙子怎么叫，都不肯回头。这才是传统的中国女性，又纯朴，又娇羞，真美。

然后是，"十五始展眉，愿同尘与灰"。过了一年，娇羞的新娘子才终于在情感上放开了，她是那么爱自己的丈夫，希望和他在一起，永不分开，直到化成烟，化成灰。这不就是《红楼梦》里贾宝玉的梦想吗？可是，生活哪有那么尽如人意。"常存抱柱信，岂上望夫台。"她总希望丈夫能够像庄子笔下的尾生那样，信守自己对心上人的承诺，哪怕大洪水，哪怕天崩地裂，也一直在原地不动，等着她，守着她。可现实是，长干儿女，注定要过聚少离多的生活，丈夫注定要东奔西走，妻子注定要尝尽离愁。

"十六君远行，瞿塘滟滪堆。五月不可触，猿声天上哀。"小新娘十六岁的时候，丈夫要出门经商了。丈夫走到哪里，小新娘的心就跟到哪里。她在家猜测，丈夫此刻可能要到三峡了吧？民谣说，"滟滪大如象，瞿塘不可上。滟滪大如牛，瞿塘不可留。滟滪大如马，瞿塘不可下"。滟滪堆那么凶险，丈夫没事吧？"两岸猿声啼不住"的时候，丈夫是不是也心生哀愁呢？

因为一颗心追随着丈夫，所以小新娘对眼前的一切都失去了兴趣。"门前迟行迹，一一生绿苔。苔深不能扫，落叶秋风早。"自从你走后，我就很少出门了，你之前留下的脚印，现在已经长满了青苔。青苔那么厚，扫都扫不走，你走了那么久，秋天不知不觉都来了。

秋天到了，又如何呢？下一句："八月蝴蝶黄，双飞西园草。感此伤妾心，坐愁红颜老。"农历八月秋风凉，秋天最常见的黄蝴蝶又飞来了。连蝴蝶都能双双对对飞，为什么你要把我一个人丢在家里？春去秋来，草也黄了，花也落了，你再不回来，我也老了。小新娘最伤心的不是自己年华老去，而是我的青春这么美，你居然没能看到。处处从别人的角度考虑，这才是深情。

从童年的明媚，到新婚的旖旎，再到此刻的惆怅，接下来就是属于李白的感情了。李白在唐朝的诗人里，确实是最爽朗、最豪迈的。他说："行路难，行路难！多歧路，今安在？"好像很郁闷了，可紧接着就是："长风破浪会有时，直挂云帆济沧海。"他的心太热，压不垮，打不死。这里也是一样，小新娘难过，也抱怨，可接着她的热情又回来了，"早晚下三巴，预将书报家。相迎不道远，直至长风沙"。你多早晚才能回来？一定要先写信告诉我呀，我会出门去接你，一直接到长风沙。长风沙在今天安徽的安庆市，距离长干有七百多里，一接接出七百多里。这是何等炽烈的情感啊！

这就是我衷心喜欢的中国式情感。古代中国人当然也是谈恋爱的，但是最深厚的情感，也许不是在恋爱的时候，而是在相濡以沫的过程中，在"一寸相思一寸灰"的思念里，在"却话巴山夜雨时"的期待中，在"直至长风沙"的欢迎中。这就是长情。

最后说说诗人李白。说到李白，好像大家最容易想到"天生我材必有用，千金散尽还复来"，或者"仰天大笑出门去，我辈岂是蓬蒿人"。好像李白就会豪情万丈，就会笑傲王侯。其实，李白之所以能够笑傲王侯，正是因为他有一颗最天真、最纯净的心。有了这样一颗孩子一样的心灵，他才能做到"天子呼来不上船"，也才能理解青梅竹马的小儿女之情。所以，李白笔下的爱情，写的虽然是商家儿女的烟火人生，但是，却一丝烟火气也没有，一片天真烂漫，一派流水落花。这就是所谓的"清水出芙蓉，天然去雕饰"。另外，我们还要知道，古代中国人对商人的印象并不好，白居易不是说"商人重利轻别离"吗？但是，李白没有这份偏见，因为他自己就是商人的儿子，他家从中亚一路经商到四川落脚。他父亲叫李客，其实这不是一个名字，而是一个称呼，就是姓李的客商，好比我们今天说张老师、王编辑一样。所以，李白知道，商人也多情，也有一颗金子般的心。

杜甫《春夜喜雨》

2016年，中国"二十四节气"被列入世界非物质文化遗产名录。大家都背过二十四节气歌吧？小的时候，我常常想，已经有了四季，又有了十二个月，干吗还要再分成二十四节气呢？多麻烦呀。

可是，长大后再想，就觉得这二十四节气真好。这个好，不仅仅是因为它掌握了黄河流域的气候规律，更是因为，二十四节气，把琐碎而平凡的日子划分得更细密了。假使一年只分四季，那就只有四次转变，四次惊喜吧？可是一旦化成二十四节气，就有二十四次变化，像二十四声鼓点儿，一下下地敲打着人心。何况，每个节气还要再分成三候，二十四节气又分成七十二候，五天一段落，五天一主题，本身就那么富有诗意。

就拿春天的第二个节气雨水来说。雨水的三候，一候獭（tǎ）祭鱼，二候鸿雁来，三候万物萌动。想想看，先是水獭动起来了，把肥美的河鱼拖上河岸；紧接着是鸿雁北飞，在蓝蓝的天上写下一个"人"字；再后来就是草木萌动，大地从干枯的褐色变为一片葱茏，这是多么动人的景象啊！而所有这些改变，都是拜淅淅沥沥的春雨所赐。沾衣欲湿，润物无声，还有什么比这更有诗意的吗？

春夜喜雨

杜甫

好雨知①时节，当春乃②发生③。

随风潜④入夜，润物细无声。

野径⑤云俱黑，江船火独明。

晓⑥看红湿处⑦，花重⑧锦官城。

---

① 知：明白，知道。说雨知时节，这里是拟人化的写法。

② 乃：就。

③ 发生：萌发生长。

④ 潜（qián）：暗暗地，悄悄地。

⑤ 野径：田野间的小路。

⑥ 晓：天刚亮的时候。

⑦ 红湿处：雨水湿润的花丛。

⑧ 花重（zhòng）：花因为饱含雨水而显得沉重。

大家都知道，杜甫责任心、忧患意识强，感时伤世，作品往往比较沉重。但是，这首《春夜喜雨》不一样，一开始就透着高兴劲儿。"好雨知时节，当春乃发生。"雨并不都一样。冬天是冻雨，冷雨敲窗，落地成冰；秋天是秋霖，淫雨霏霏，连月不开；夏天是暴雨，一泄如注，翻江倒海。都没有那么好，甚至还会带来灾害。但是春雨不一样，春雨是用来点醒春天的，它带来的是属于春天的滋润，属于春天的绿色，属于春天的生机勃勃，所以大家都喜欢春雨，期盼春雨。春雨仿佛也在回应人们的期盼，如期而至。所以才会有这一句，"好雨知时节，当春乃发生"。不早不晚，恰恰就在该下雨的时候，下雨了，真是一场善解人意的好雨。

这如期而至的春雨是什么样子呢？"随风潜入夜，润物细无声。"它伴随着春天的和风，在静静的夜里飘然而至，它滋润着天地万物，却又无声无息。这不只是春雨，这是儒家君子。为什么是君子？因为它潜入夜，细无声。这么受欢迎的春雨，如果着意表现自己，应该在白天大张旗鼓地到来，接受一切的鲜花和掌声。但是，如果它是那样外露地、夸张地表达着自己，那就不是中国人喜欢的人格精神了。中国人喜欢谦谦君子，温润如玉，通身散发着内敛的光芒。这场春雨也是如此，它滋润

好雨知时节，当春乃发生。

万物，犹如君子德泽万民；同时，它又无声无息，犹如君子不言而化天下，无为而治天下。唐代的大诗人各有各的性情，李白飘飘欲仙，杜甫则是循循儒者，所以杜甫才能写得出具有儒家君子之风的春雨。

这还不够。春雨的好处还没写完呢。这场让人欣喜的春雨不仅下得是时候，下得柔和，还下得充足。为什么这么说呢？因为"野径云俱黑，江船火独明"。这么是时候的雨，如果只是淅淅沥沥地下一会儿就结束了，那多遗憾啊。大地的干渴没有解除，万物的生长也就不会那么蓬勃。可是这场雨呢，它下得后劲儿十足。为什么？出门看看就知道了。若在平时，晚上有月亮，田野固然是黑漆漆的，可是，田野里的小路会反光，江面也会反光，都会显得比较明亮。而今天这个下雨的夜晚，因为云层厚，没有月光，所以，天是黑沉沉的，小路是黑沉沉的，江面也是黑沉沉的，天地都笼罩在绵密的春雨之中，只有江边小船的一点渔火，透出黄黄的光芒。这一点渔火，一下子把整个色调都调亮了，也把诗人的心点亮了。

看到云头这么厚，雨势这么好，诗人放心了，要回屋睡觉了。他躺在床上，还在想着这雨，越想越高兴，不禁开始想象明天早晨的情景了。明天早晨，雨停了，会是什么样子呢？

"晓看红湿处，花重锦官城。"这样的好雨下一夜，一定能催开春花吧。等到明天早晨推门一看，一朵朵春花带雨，红艳艳、湿漉漉、沉甸甸，这样的生命，该是何等饱满，何等蓬勃！锦官城里，该成为花的世界，春的海洋了吧。一首诗，从一场春雨开始，结束在一片春花、一座春城之中，写得细腻柔和，而又气象万千。

可别小看最后这"锦官城"三个字。锦官城，是成都的别名，因为成都一向以织锦著称。三国时期，蜀汉在此设置锦官，管理蜀锦生产，所以叫锦城，之后锦官城也就成了成都的雅称。李白《蜀道难》不是也写过"锦城虽云乐，不如早还家"吗？所以，"花重锦官城"，其实就是花重成都城，点出了这场春夜喜雨的发生地点。但是，杜甫在这里用"锦官城"三个字，绝对不仅仅是点出地点这么简单，也不是为了音韵更协调。为什么用"锦官城"，而不用"成都城"？因为"锦"是一种最美、最柔和，也最华贵的丝织品，而"花重锦官城"，就仿佛是鲜花着锦一般，那是何等富贵风流啊。所谓春夜喜雨，到这里，真是喜上眉梢，喜上心头，喜不自胜了。

最后，再跟大家分享一点儿属于诗人的敏感吧。你看，同样是春雨，北方的春雨是"天街小雨润如酥"，让人感觉到了北国的辽阔和干燥。而江南却是"沾衣欲湿杏花雨"，有着江南特有的灵秀与轻柔。四川盆地则是"晓看红湿处，花重锦官城"，显得那么富足和厚实。不同的地域，有不同的春雨，就像不同的地方，有不同的味道。北方，是厚实的羊肉大葱饺子；江南，是鲜嫩的荠菜小馄饨；而四川盆地，则是热辣辣的红油火锅。

无论在哪里，无论有着怎样的风光与风情，让我们一起来期盼一场春雨吧！春雨之后，花开满地，虫鸣满院。诗人刘方平写过一首《夜月》："更深月色半人家，北斗阑干南斗斜。今夜偏知春气暖，虫声新透绿窗纱。"这"虫声新透绿窗纱"应该就是惊蛰最好的广告语了吧？谁都能听懂，谁都会心动，春天，真的就是这样万物复苏，生机勃勃呀！

微雨众卉新，一雷惊蛰始。

杜秋娘《金缕衣》

经常有人问我，最喜欢哪首唐诗，我总答不上来。因为喜欢得太多，没法儿区别哪个是"最"，哪个是"其次"。但无论如何，《金缕衣》是我印象最深的诗歌之一，我会在赏花听鸟的时候想起它，也会在挑灯夜战的时候想起它，还会在激烈的比赛现场想起它，甚至，在截然相反的情况下，在春眠乍醒、无所事事的时候，也会想起它。之所以印象这么深，一部分原因大概是它是《唐诗三百首》里的最后一首。小的时候，急着要把书读完，终于翻到《金缕衣》的时候，会大大地松一口气，充满胜利的喜悦。当然，更重要的原因是，这首《金缕衣》热切又婉转，不像一首诗，更像一首歌。

金缕衣①

杜秋娘

劝君莫惜金缕衣，劝君惜取少年时。

花开堪②折直须③折，莫待④无花空折枝。

---

① 金缕衣：缀有金线的衣服，比喻荣华富贵。

② 堪：可以，能够。

③ 直须：不必犹豫。直：直接，爽快。

④ 莫待：不要等到。

事实上，它确实是一首歌。此前，我每介绍一首诗，都会说出它的作者，但这次我直接说《金缕衣》，没讲作者。因为这首诗的作者是谁，我们并不知道，只知道，它是中唐时期一首著名的流行歌曲，有一个歌女杜秋娘唱得最好，而且，因为这首歌曲，她实现了一段传奇人生。所以在《唐诗三百首》里，它的作者干脆就写成了杜秋娘。这是怎样一个故事呢？

　　杜秋娘出生于润州，也就是今天的镇江，是个小户人家的女孩子。十五岁的时候，因为美貌，成了浙西观察使李锜（qí）的侍妾。和一般有色无才的侍妾不同，杜秋娘会唱《金缕衣》，和李锜相互呼应，唱得荡气回肠，最得李锜宠爱。后来，李锜仗着自己人多钱多，不甘心当一个封疆大吏，非要反抗朝廷当皇帝。结果唐宪宗出兵平叛，李锜兵败被杀，杜秋娘则作为战利品，没入宫廷。这当然是一件悲惨的事。不过，世界上的事情本来就是祸福相倚，谁也没料到，唐宪宗也喜欢听《金缕衣》，杜秋娘歌喉一展，很快又成为一代英主唐宪宗的心上人，有点儿像会跳舞的杨贵妃与唐玄宗的关系。这样的好日子过了十多年，唐宪宗被宦官杀害，儿子唐穆宗接班。无儿无女的杜秋娘本来命运堪忧，不料上天又一次眷顾了她。唐穆宗不知道是被她的歌喉打动，还是被她的风度打动，并没有为难她，反倒让

仲春初四日，春色正中分。

她担任儿子漳王李凑（còu）的保母。注意，这个"保母"可不是我们今天说的带小孩儿的保姆，而是类似《红楼梦》中的教养嬷嬷，是个相当有身份的人生导师。于是，这首《金缕衣》又陪伴着漳王成长。在杜秋娘的保护教育下，漳王成了大名鼎鼎的一代贤王。

中国古代一向善待保母，想来，杜秋娘也会觉得，自己晚年有靠了吧。然而，仍然是世事难料。先是穆宗去世，漳王的哥哥唐敬宗接班当皇帝，很快又被宦官杀掉。再后来，漳王的另一个哥哥唐文宗接班当了皇帝，他不想再被宦官杀掉，主动出手打击宦官。漳王既然贤明，自然支持哥哥。问题是，唐朝中后期，宦官专权已经积重难返。他们疯狂反扑，唐文宗差点儿被废，漳王则被削除王爵，软禁起来，很快死去了。所谓"覆巢之下无完卵"，保母杜秋娘也被扫地出门，赶回了老家润州。在宫里经历的四朝三十年，恍若南柯一梦。

大诗人杜牧感慨于杜秋娘的传奇人生，到润州去看望她，给她写了一首长长的《杜秋娘诗》，其中最旖旎的一句就是："秋持玉斝（jiǎ）醉，与唱金缕衣。"什么意思呢？杜牧看到晚年贫病交加的杜秋娘，蓦然想起了她的少年时代。那个时候，她手持满满的一杯酒，唱起这首《金缕衣》，是何等明媚，何等得意啊！杜牧这首《杜秋娘诗》，感时伤世，历来评价堪比白居易的《琵琶行》。从这以后，杜秋娘和《金缕衣》也就紧紧联系在了一起。

1993 年，台湾拍了一部有关杜秋娘的电视剧，名字就叫《金缕衣》，片头曲也是这首《金缕衣》。再后来，《金缕衣》又成了《甄嬛传》的插曲。那么，这《金缕衣》到底好在哪里，能够在一千多年间，被人反复吟唱呢？

先看前两句："劝君莫惜金缕衣，劝君惜取少年时。"这真是一首歌的样子。两句话全用"劝君"开头，"惜"字也两次出现，句式更是一模一样。诗哪能这么重复呢？可是，正因为它句式重复，句子的意思又截然相反，才给人特别深刻的印象。金缕衣，那是金线编织的衣服，贵重不贵重呢？当然贵重。可是，作者却说"劝君莫惜金缕衣"，可见还有比这更贵重的东西。这东西是"少年时"。为什么"少年时"如此宝贵？因为"花有重开日，人无再少年"。你甚至可以豪迈地说"千金散尽还复来"，但是青春一去，却永不回头，纵有家财万贯，也无法买得太阳不下山。

可能有人会说，这个道理谁不懂呢？这道理确实是老生常谈，可是，不同的人，用不同的方式说出来，效果还是不一样的。比如，一个老师跟你讲这个道理，会说什么？会说"盛年不重来，一日难再晨。及时当勉励，岁月不待人"，或者会说，"一寸光阴一寸金，寸金难买寸光阴"，这当然都对，但是，却不免有太多的教训意味，让人觉得冷而硬。可这首《金缕衣》不一样，它给人的感觉不像是一个老先生在谆谆教诲，而是一个年少的女子，用灼灼的眼睛看着你，跟你一再殷勤致意，"劝君莫惜金缕衣，劝君惜取少年时"。你会觉得，她不是在教训你，而是在盼望你，盼望着你振奋，盼望着你作为，焉知当年的浙西观察使李锜和唐宪宗不是在这样灼灼目光的注视下，在这样娓娓歌声的催促下，才都想做一番大事业的？虽然他们的事业有顺有逆，有成有败，但是，他们都不甘心年华虚度，时光浪掷，这就是"劝君莫惜金缕衣，劝君惜取少年时"啊！

写诗的三种方法"赋""比""兴"。所谓赋，就是铺陈，排比，直抒胸臆。"劝君莫惜金缕衣，劝君惜取少年时"，用两个排比直接告诉你，莫负好时光，珍惜少年时，这其实就是赋。接下来，"花开堪折直须折，莫待无花空折枝"，这是在比。把人生的美好比成花，让你赶紧去追求，去体味。杜牧说，"自是寻春去校迟，不须惆怅怨芳时。狂风落尽深红色，绿叶成阴子满枝"，花开的时候，你若不及时折，很快就"绿叶成阴子满枝"了。不仅你的青春是有时间限度的，别人的青春也是有时间限度的，甚至，世界上的一切机会、一切美好，都不会原地不动，永远只等着你。时不我待，这就是"花开堪折直须折，莫待无花空折枝"。

这两句话还是高度重复，"花"出现了两次，"折"甚至出现了三次。但是，内容却又截然相反。前一句说"花开"，后一句说"无花"。前一句说"须"怎样，后一句说"莫"怎样。问题是，它真的在表现相反的意思吗？才没有。它不过是从正反两面表达同一种心情。前一句"花开堪折直须折"从正面讲"行乐须及春"。后一句"莫待无花空折枝"从反面讲"行乐须及春"。"行乐须及春"，无非就是前两句"惜取少年时"的另一个说法，但是不知大家注意到没有，这两句诗的口吻一下子急切起来了。"花开堪折直须折"，"直须"这两个字多迫切呀，"莫待无花空折枝"，"空折"这两个字，又是多遗憾呀。前两句是在娓娓道来地劝你，这两句就是在大胆热情地鼓励你。鼓励你振作，更鼓励你欢乐。谁能不喜欢这样的鼓励呢？

通篇看下来，这首诗真美。用足了回环往复之美。前两句是莫什么什么，须什么什么。后两句是须什么什么，莫什么什么。前两句是反复地教你"惜"，后两句是反复地催你"折"，这样回环往复，一唱三叹，真让人觉得荡气回肠。这首诗巧不巧？真巧。

一般绝句都是先写景语，后写情语，比如"寒雨连江夜入吴，平明送客楚山孤。洛阳亲友如相问，一片冰心在玉壶"，先写景，后抒情，是诗歌的常态。但是这首诗不一样，它先抒情，再写景，让整首诗结束在一片花海，一片春光中，让人的感受那么直接，这样的美好，怎么能辜负呢！这首诗单纯不单纯？也真单纯，不就是莫负好时光吗？这是人所共有的感情，但是，也正因为人所共有，它才能模糊一切差别，打动所有人的心。你说它教你及时行乐吗？是的。你说它教你珍惜时光吗？也是的。你说它教你追求爱情吗？是的。你说它教你追求事业吗？也是的。它的感情既单纯又丰富，它的表达既婉转又强烈，它既质朴直白又摇曳多姿，它像诗又像歌。这不就是春天应该带给我们的感情吗？花开到了极盛，春天也就过半了。所以，人们才会有这样强烈的莫负好时光的情感吧。

我把这首《金缕衣》作为春分的礼物献给大家，劝君惜取少年时。

韩翃《寒食》

清明节最脍炙人口的诗是杜牧的《清明》："清明时节雨纷纷，路上行人欲断魂。借问酒家何处有，牧童遥指杏花村。"可我并没有选这首诗，原因在于，这首《清明》，并没有收录在《唐诗三百首》中，而且，在唐朝乃至北宋时期，杜牧的诗集中并没有出现这首诗。直到南宋末年，谢枋（fāng）编成《千家诗》，才把它归入杜牧名下。时至今日，仍然有相当多的学者认为，它不是杜牧的作品。这是一个理由。更重要的理由是，现在的清明节，本来就包含了古代的上巳节和寒食节，我们暂时放下《清明》，选一首《寒食》，希望大家知道，古代其实有过更多的节日，那些今天已经消逝了的节日，也曾经有过自己的芳华，值得我们记住和珍惜。

寒食

韩翃

春城①无处不飞花，寒食②东风御柳③斜。

日暮汉宫④传蜡烛⑤，轻烟散入五侯家。

---

① 春城：暮春时的长安城。

② 寒食：古代在清明节前一到两天的节日，禁火三天，只吃冷食，所以称寒食。

③ 御柳：御苑之柳，皇城中的柳树。

④ 汉宫：这里指唐朝皇宫。

⑤ 传蜡烛：寒食节普天下禁火，但权贵宠臣可得到皇帝恩赐的燃烛。

先说说题目吧，这首诗的题目是《寒食》，可能有人会问，清明节，为什么会讲《寒食》，还说是应节气呢？因为现在的清明节，其实是古代上巳、寒食、清明三个节日的合并。而且，更早的时候，上巳也罢，寒食也罢，都比清明的名气大。上巳本来是三月的第一个巳日，按照风俗，这一天要在水边洗涤污垢，祈求平安。孔子所谓，"莫春者，春服既成，冠者五六人，童子六七人，浴乎沂，风乎舞雩，咏而归"，讲的就是上巳沐浴祭祀的风俗。到魏晋南北朝，上巳的时间就固定在农历三月三，节日的内容也变成水边的燕饮和踏青，杜甫《丽人行》里，"三月三日天气新，长安水边多丽人"，讲的就是上巳游春的风俗。

寒食是怎么回事呢？寒食节在冬至之后的第一百零五天，也就是清明节前的一到两天。这一天最重要的风俗就是禁烟火，大家都只吃冷饭，所以叫寒食节。据说是为了纪念春秋时期被烧死在山西绵山的介子推。后来，这个节日又增加了祭祀这个重要内容，从汉到唐，寒食节一直是民间第一大祭日，历朝历代都要放假，让人回乡祭祖扫墓。白居易所谓，"棠梨花映白杨树，尽是死生别离处"，讲的就是寒食节扫墓的情景。

那清明节又是怎么回事呢？清明本来不是节日，它就是一个节气，因为"气清景明，万物皆显"，所以叫作清明。但大概因为中国是农业大国，大家对节气特别敏感吧，清明的地位从唐朝开始逐渐提升，到了宋朝以后，干脆合并了上巳、寒食两个节日，从上巳那里接收了游春的内容，又从寒食那里接收了祭扫的内容，这才演变成了今天的清明节。

我跟大家分享唐诗，除了讲文字之美外，本来也是想帮大家了解一下唐朝人的生活。所以，我就来讲讲这首和清明节相关的，文字优美，内容也新鲜的《寒食》。

先看第一句，"春城无处不飞花"，这句话写得真漂亮。春城是什么？不是昆明，不是广州，而是春天的长安城。时为春日，地属都城，春和城连接，非常雄壮。那"无处不飞花"呢？这是一个双重否定，本来就是处处飞花的意思，但是双重否定表示强烈肯定，所以，无处不飞花，又比处处飞花的感情要强烈。但是这些都不是这句诗中最精彩的部分。最精彩的地方在"飞"字。为什么要写无处不飞花，不写无处不开花呢？因为开花就是开在地面上，是平面的，而飞花，则是从地上又飞到天上，这就是一幅立体的春光图了。而且，"开"字多呆，"飞"字多灵动啊，春风卷着缤纷落花，春风也卷着柳絮杨花，春风浩荡，春花飞舞，这是多么动人的场景啊。一个"飞"字，

春城无处不飞花，寒食东风御柳斜。

诗眼就出来了。现在很多人并不知道这首诗，但是知道"春城无处不飞花"这句话，这就是炼字的力量。要知道，寒食在春分之后，已经算是晚春了。正是"草木知春不久归，百般红紫斗芳菲"的时候，一句"春城无处不飞花"，马上，整个长安城春深如海、飞花扑面的景象如在眼前，真是一幅又轻盈、又壮阔的长安城春日全景图。

第二句，"寒食东风御柳斜"，这是从全景转到细节了。东风浩荡，吹遍了长安城，当然也吹进了皇宫御苑。御苑中的柳丝随风起舞，斜斜地飞上了天，这就是"寒食东风御柳斜"。本来，风是无形无影，最难描述的，但是，这两句诗，通过花之飞、柳之斜，一下子让我们感受到了春风的力量。而且，随着这句"寒食东风御柳斜"，整个春光图也找到了一个焦点。焦点在哪儿？在皇宫。如果我们看清了这个焦点，另一个问题就出来了。这里的东风，真的就是指自然界的春风吗？其实在古代，春风往往不仅仅指春风本身，它还有帝王的意象，那在这首诗里，是不是也如此呢？

再看下句，"日暮汉宫传蜡烛"，这是从风景转到人的活动了。焦点既然在皇宫，那么，皇宫里的人在干什么呢？"日暮汉宫传蜡烛"，这里诗人用的是汉宫，以汉比唐，是唐诗的传统，所以这句"日暮汉宫传蜡烛"，就是傍晚时分，从唐朝的皇宫里走出了马队，传出了蜡烛。那皇宫里为什么要传蜡烛呢？这就涉及寒食节和清明节的风俗了。按照唐朝的制度，寒食节这天，全国上下不能举火，只有皇宫特殊，可以点蜡烛。那为什么又要传蜡烛呢？这就涉及当时的另一个制度了。唐朝风俗，清明这一天由皇帝宣旨，取榆柳之火以赐近臣，以示恩宠。不知大家注意到没有，赐近臣新火是在清明节，而天下禁火，只有皇宫可以点蜡烛是在寒食。我们刚刚说过，寒食节在清明节之前一两天，所以，这里面本来是有一两天的时间差的，可是皇帝为了表明额外的恩宠，在寒食节的当晚就借赐新火这个风俗，往皇宫外赏赐蜡烛了，这就是"日暮汉宫传蜡烛"。那么是谁得到皇帝如此特殊的恩典呢？

最后一句，"轻烟散入五侯家"，所谓五侯，有两个说法，一个是说，西汉成帝时，外戚尊贵，王皇后的五个兄弟（王谭、王商、王立、王根、王逢）都封为侯，合称五侯；另一个说法是说，东汉桓帝时，宦官势力强大，五个宦官（单超、左悺、徐璜、具瑗、唐衡）在同一天都封了侯，也叫五侯。不管韩翃在这里用的是哪个典故，得到恩典的都是皇帝身边的亲信权贵。因为寒食禁火，到了傍晚，整个长安城都暗淡下来了，这时，一队人马从皇宫里出来，举着高高的蜡烛，飞奔而去，蜡烛的轻烟也随风飘散，一路飘向了权贵人家。这两句写得真传神，让人如见蜡烛之光，如闻轻烟之味。

把这四句话合到一起，前两句写白天的风景，后两句写夜晚的风情，一幅长安寒食节的立体画已经跃然纸上。场景，也随着"飞""斜""传""散"这几个动词，从长安城转到了皇宫禁苑，又从皇宫禁苑转到了五侯豪门，转得轻灵跳脱，神采飞扬。这幅画面的焦点是皇宫，那统领这些场景的力量是什么？是东风，是东风在让花飞，让柳斜，让烟散。这东风既来自自然，也来自皇帝，这才能结尾到"日暮汉宫传蜡烛，轻烟散入五侯家"，结尾到皇帝的恩典。白日飞花，夜晚飞烟，真是春风浩荡，皇恩浩荡，可是呢，又写得那么有灵气，不沉不重，有如风舞落花。这就叫以清丽之笔，写承平气象。

无怪乎这首诗一出来，连当朝皇帝唐德宗都深深折服。正好唐朝当时缺一个"驾部郎中知制诰"，这可是个整天给皇帝写材料的官，需要好文采。唐德宗马上钦点韩翃。可是，当时在朝廷里做官的韩翃有两个，还有一个江淮刺史也叫韩翃。唐德宗怕别人误会，还特意在韩翃的名字旁边标注了"春城无处不飞花"，明确表态，就给这个韩翃。这就是诗的力量。

当然，也有人说，这首诗不简单，它可不是一般的写景颂圣，这是一首政治讽刺诗，讽刺的是唐朝的宦官专权。怎么看出来的呢？看后两句，"日暮汉宫传蜡烛，轻烟散入五侯家"。刚才不是说，五侯的一个典故就是东汉的宦官五侯吗？唐代的宦官专权，可一点儿也不亚于东汉。在这样的时代背景下写"轻烟散入五侯家"，不就是在讽刺皇帝宠信宦官，宦官骄横跋扈吗？有没有道理呢？有道理。但是，就算韩翃真的在讽刺，这个讽刺也非常微妙，微妙到连唐德宗这个被讽刺的对象都没看出来。

　　那我们到底怎么理解这首诗呢？还是那句话，诗无达诂。一首好诗，本身的意向是丰富的，每个人都能从自己的角度受到感发和触动，有人感受到春深如海，有人感受到寒食风俗，有人感受到皇家气象，当然也有人感受到了时代的悲哀和诗人的讽刺。在这种情况下，诗人自己本来的意思，反倒已经隐退到背后，既没有人能说清，也无须说清了。

　　最后说一说诗人韩翃，他是"大历十才子"之一，是一位有成就的诗人，更是一个有故事的人。韩翃本是一位风流才子，当年天宝盛世，他凭借自己的才华赢得了佳人柳氏的芳心，在长安过着你侬我侬的小日子。孰料安史之乱起，柳氏被番将沙咤利所夺，韩翃一介书生，无力与将军抗衡，只能接受命运安排，从此萧郎是路人。本来故事就要以悲剧告终了，谁知半路又杀出一个有侠义之心的小将，帮韩翃把柳氏夺了回来。小将牵出了大将，大将又报告给了皇帝，事情仿佛越闹越大，怎么收场呢？唐代宗一锤定音，柳氏判归韩翃。度尽劫波，有情人终成眷属。如此传奇的爱情故事被文人许尧佐写成小说《柳氏传》，至今依然是唐传奇的代表作之一，大家有时间不妨找来看看，绝对激动人心。

王维《奉和圣制从蓬莱向兴庆阁道中留春雨中春望之作应制》

　　清明过后，到了谷雨。所谓谷雨，就是"雨生百谷"的意思，民谚有"谷雨前后，种瓜点豆"的说法，尤其让人觉得"春雨贵如油"。这个时候，如果有一场好雨知时而降，无论是谁，都会心生喜悦。在这个节气，我要跟大家分享的是王维的《奉和圣制从蓬莱向兴庆阁道中留春雨中春望之作应制》，让我们一起领略一下雨中长安城的气派吧。

奉和圣制①从蓬莱②向兴庆③阁道④中留春雨中春望之作应制⑤

王维

渭水自萦秦塞⑥曲，黄山⑦旧绕汉宫斜。

銮舆迥出⑧千门柳，阁道回看上苑⑨花。

云里帝城双凤阙⑩，雨中春树万人家。

为乘阳气行时令，不是宸游⑪玩物华⑫。

---

① 圣制：皇帝写的诗。

② 蓬莱：宫名，谓大明宫。

③ 兴庆：兴庆宫，唐玄宗为诸王时以旧宅改建；唐代宫城位于长安东北，而大明宫又位于宫城东北。兴庆宫在宫城东南角。

④ 阁道：大明宫入曲江芙蓉园的复道。

⑤ 应制：指应皇帝之命而作。

⑥ 秦塞：长安城郊，古为秦地。塞：一作"甸"，这一带古时本为秦地。

⑦ 黄山：黄麓山，在今陕西兴平市北。

⑧ 迥出：远出。

⑨ 上苑：泛指皇家的园林。

⑩ 双凤阙：指大明宫含元殿前东西两侧的翔鸾、栖凤二阙。阙：宫门前的望楼。

⑪ 宸（chén）游：指皇帝出游。

⑫ 物华：美好的景物。

这首诗的题目真长，有二十三个字，比一首五言绝句都长了。既然这么特别，就先讲讲诗题吧。

"奉和圣制从蓬莱向兴庆阁道中留春雨中春望之作应制"，这个题目分三部分，"奉和圣制"是一部分，"从蓬莱向兴庆阁道中留春雨中春望之作"是一部分，"应制"又是一部分。在这三部分中，首先要看的是哪部分呢？最先看的应该是最后两个字"应制"。因为这代表着一类诗，就叫"应制诗"，其实就是奉皇帝的命令而写的诗。这类诗在中国古代数量很多，立意大体上都是要颂圣。

看完结尾再看开头。开头是"奉和圣制"，什么意思呢？所谓"圣制"，又叫御制，就是皇帝自己写的诗。奉和圣制，就是奉皇帝命令，和皇帝御制的诗。皇帝御制的这首诗是什么题目呢？是中间的那部分"从蓬莱向兴庆阁道中留春雨中春望"。这个题目也很长，其实还可以再分成三段来理解。第一段，"从蓬莱向兴庆阁道中"，这是讲地点。皇帝写诗的时候在从蓬莱宫走向兴庆宫的阁道中。蓬莱宫其实就是大明宫，是唐朝三大内之一的"东内"，在长安城的东北边。大明宫始建于唐太宗时期，本来是给太上皇唐高祖修建的避暑宫殿。后来，唐高宗的时候大规模扩建，建成之后，唐高宗就从太极宫搬到大明宫，从此东内大明宫就取代了北内太极宫，成为唐王朝的政治中心。

那兴庆宫又在哪里呢？兴庆宫号称"南内"，在长安城的东南部，本来是唐玄宗李隆基做藩王时的王府所在地，当时还叫兴庆坊。唐玄宗由藩王成为皇帝，兴庆坊也进行了大规模扩建，到开元十六年（728），正式成为唐玄宗的听政之所，号称南内。阁道，本来唐朝只有一个太极宫，但是唐高宗扩建了大明宫，唐玄宗又扩建了兴庆宫，三大内之间总有往来，特别是大明宫和兴庆宫之间，来往非常频繁。皇帝在长安城往来穿梭，多扎眼、多不安全啊，开元二十三年（735），唐玄宗就下旨修了一条从大明宫直通兴庆宫的空中走廊，有点儿像现在的过街天桥，称为阁道。当然，修的时候已经是开元盛世，皇帝该办的大事都办得差不多了，有比较多的休闲时间，所以这个阁道又一路往南修，一直修到曲江。这样一来，皇帝无论是在两宫之间巡游，还是到风景名胜区游览，都有了专门通道。

"从蓬莱向兴庆阁道中"，这是第一段，讲写诗的地点。第二段，"留春雨中"，这是讲了一个意外事件。皇帝从蓬莱宫往兴庆宫走的时候，本来并没有下雨，但是走着走着，忽然下起雨来了，车驾就被截在了雨中，这也就成了这次君臣唱和的背景。第三段，是"春望"，车驾被滞留在春雨中，干点儿什么

为乘阳气行时令，不是宸游玩物华。

好呢？就在阁道上，居高临下地看看长安城吧。一看之下，唐玄宗诗兴大发，马上写了一首诗，就叫《从蓬莱向兴庆阁道中留春雨中春望》。写完之后，余兴未尽，又让身边侍从的大臣们唱和。王维是侍从人员之一，于是就有了这首《奉和圣制从蓬莱向兴庆阁道中留春雨中春望之作应制》。这样的诗怎么写呢？看王维的吧！

首联："渭水自萦秦塞曲，黄山旧绕汉宫斜。"渭水就是渭河，从长安城的西北方向一路东流。黄山不是今天安徽省的黄山，而是黄麓山，在今天陕西省兴平市，也在长安城的西北方向。诗题中不是有"春望"吗？阁道在长安城的东边，所以诗人自然而然从东向西，放眼望去，他看到的是渭水曲折，萦绕着秦朝的关塞；看到的是黄麓山斜倚，环抱着汉朝的宫殿。要知道，唐朝的咸阳宫和汉朝的长安城都在唐朝长安城的西边，所以放眼望去，确实会看到黄山渭水、秦宫汉阙。这就给春望提供了一个广阔的视野。但这只是其一，更重要的是什么呢？秦塞汉宫，这又是一个多么壮阔的历史背景啊。唐朝人回首往事，最喜欢的就是强秦和雄汉，所以王昌龄才会说"秦时明月汉时关，万里长征人未还"。李白也才会说"秦娥梦断秦楼月"，才会说"西风残照，汉家陵阙"。王维在阁道之中，放眼望去，不仅看到了雄壮的山河，更看到了历史的风烟；时空交错，看得大，想得深，首联就非常有气象。

再看颔联："銮舆迥出千门柳，阁道回看上苑花。"上一联是远看，这一联就是回看了。回看什么地方呢？回看来时的路。诗人不是和皇帝一起从大明宫往兴庆宫走吗？因为阁道架在空中，所以从阁道上往大明宫方向看过去，一道道宫门，一行行垂柳如列队一般，由近及远，尽收眼底，这是"銮舆迥出千门柳"。那"阁道回看上苑花"呢？从阁道回望，远方上苑里一片繁花，如锦似霞。花和柳相对，这就是春天啊。柳是一列，这是纵向的景观；而花是一片，又是横向的景观，这样一横一纵，柳绿花红，真是看不尽的春色。远望写了，回望也写了，接下来该写什么了呢？

最漂亮的颈联出来了："云里帝城双凤阙，雨中春树万人家。"这是四望啊，看长安城的全景。四望也得有个焦点，焦点在哪里？云雾缭绕，广阔的长安城里，一般的建筑都变得模糊起来，只有宫门前一对高高的凤阙昂然挺立，好像要凌空飞起，这是何等壮观；再往周围望去，春雨茫茫，万家攒聚，一棵棵春树，尽情享受着雨水滋润，又显得格外生机勃发。题目中不是有"留春雨中春望"吗？现在点春雨了，在细密的雨帘之下，凤阙、春树和人家交相辉映，高出的是凤阙，平面的是春树和人家。上一联是一纵一横，这一联就是一上一下了，真是一幅立体的春雨长安图啊，春光无限，气象万千。

个人觉得，古往今来写长安城的诗，没有比这更漂亮的了。不仅漂亮，还高华。高华在哪里？往深里想一层就知道了。"凤阙"代表皇帝，皇帝昂然挺立，何等雄伟！人家代表百姓，春树接受着雨水的滋润，正如人民享受着皇上的恩泽一样。正因为有上天的雨露和皇帝的恩泽，长安城才能这样美好繁盛，这才是凤阙与人家相对的真正含意，这不是简单的景色描写，这已经在颂圣了，但是，颂得那么自然含蓄，让人舒服，这就是本诗的高华之处。

"远望""回望""四望"都望过了，题目中的"两宫""阁道""春雨"也都已点足，怎么收尾呢？看尾联吧："为乘阳气行时令，不是宸游玩物华。""阳气"就是春气，"行时令"是指按照季节变换来安排相应的工作，"宸"则是取天子譬如北辰的意思，"宸游"代表皇帝出游。那这两句话是什么意思呢？虽然春色醉人，但是，皇帝这次从大明宫到兴庆宫的出游，却并非为了玩赏春色，而是为了顺应阳气，顺天时而行时令，这正是在履行皇帝的职责。

为什么要写这两句？这就是应制诗的要求了。我们前面说了，应制诗的主题就是颂圣，你无论写什么，最后都要回到皇帝身上来，要歌颂皇帝。即使皇帝没有做什么伟大的事情，也要帮他找出伟大的意义。这一联不正是如此吗？明明是皇帝出行，被截在了雨中，偏要从中看出皇帝的顺应时令，看出皇帝的雨露之恩，这本来是应制诗拍马屁的本色，容易让人反感。但幸好，王维是大诗人，又是大画家，在他的构图与构思之下，一幅既美好又壮阔的长安图卷真实地呈现在我们面前，这图卷如此润泽，就沐浴在春天的细雨中，也沐浴在盛世的光辉里。有了这样的铺垫，我们几乎愿意承认，这个皇帝和这座城市、这个时代已经融为一体，让人迷恋而又让人赞叹，这就是王维，这就是盛唐。

熟悉中国古代诗词的朋友肯定清楚，一年四季里，写春天和秋天的诗多，写夏天和冬天的诗少。具体各占多少比例呢？我虽然没有精确统计过，但是，大体感觉，差不多应该是85％和15％的样子，甚至差距还要更大些。

　　为什么诗人如此伤春悲秋呢？我想首先是这两个季节的转换特别明显，春天树叶绿了，秋天树叶黄了，这不就是生命的轮回吗？当然会让人产生深深的感慨。相反，夏天也罢，冬天也罢，更像是春秋的加强版，给人的印象就没那么突出了。另外，春秋两季，天气不凉不热，正适合出行。所以，诗人们春日临水、秋日登山，游兴大发的同时诗兴大发，好诗自然就喷薄而出。再加上趁着春秋两季出远门的人多，光是送别诗就数不胜数。这样一来，春花秋月也就成了古典诗词的主旋律。

　　相反，夏天太热，冬天太冷，大家都藏在屋子里，整个人都不活跃，诗兴也就没那么活跃了吧。不过，夏天自有夏天的好处。"接天莲叶无穷碧，映日荷花别样红"，大自然到了夏天，最是蓬勃热烈。与之相反，"冰肌玉骨，自清凉无汗。水殿风来暗香满"。人到了夏天，却往往要寻求一份由内而外的清凉，愿意静下来思考，静下来体味。这样一来，写夏天的诗也就有了一份清淡的禅意，和自然的缤纷热闹相映成趣。动静相宜，冷暖有度，这才是中国人追求的境界。

孟浩然《夏日南亭怀辛大》

夏天的第一个节气是立夏。古人说："孟夏之日，天地始交，万物并秀。"太阳大了，雨水多了，大自然也随之沸腾，满眼只见卉木萋萋，百草丰茂。白天，人待在太阳底下汗流浃背的时候，不免会有点儿烦躁；但到了夜晚无事的时候，走到临水的凉亭里，眼看着天色暗下来，月亮升起来，再有一缕凉风吹过来，一丝暗香飘过来的时候，又会怎样呢？

夏日南亭怀辛大^①

孟浩然

山光^②忽西落^③，池月^④渐东上。

散发^⑤乘夕凉，开轩^⑥卧闲敞^⑦。

荷风送香气，竹露滴清响^⑧。

欲取鸣琴弹，恨^⑨无知音赏。

感此^⑩怀故人，中宵^⑪劳^⑫梦想^⑬。

---

① 辛大：孟浩然的朋友，排行老大，名不详，疑即辛谔。

② 山光：傍山的日光。

③ 落：一作"发"。

④ 池月：池边的月色。

⑤ 散发：古代男子平时束发戴帽，这里表现的是作者放荡不羁的惬意。

⑥ 开轩：开窗。

⑦ 卧闲敞：躺在幽静宽敞的地方。

⑧ 清响：极微细的声响。

⑨ 恨：遗憾。

⑩ 感此：有感于此。

⑪ 中宵：中夜，半夜。

⑫ 劳：苦于。

⑬ 梦想：想念。

先说题目吧，《夏日南亭怀辛大》，南亭，就在孟浩然家乡襄阳的岘山，辛大应该就是辛谔，是孟浩然的乡亲。孟浩然一生布衣，没有别人那样漫长的宦游经历，接触的人也少，大部分就是身边的亲朋好友。所以他的诗，大多数就是写眼前景、身边人，不像李白，一会儿是望庐山，一会儿是蜀道难；一会儿写英雄，一会儿写神仙。孟浩然没有那么大气磅礴，可是话又说回来，画鬼容易画人难，能把小场景、小人物、小心情写好，其实更需要大本事。那我们就来看看，孟浩然是怎么写的。

先看前两句："山光忽西落，池月渐东上。"很显然，南亭一定是依山傍水而建。所以，身在南亭，既能看见水，又能看见山。那诗人到底看到什么了呢？他看到夕阳一下子就落到山的那一边，他又看到，素月从池塘上缓缓升起。两句诗没有丝毫雕琢，就像陶渊明的诗那样自然，那样清淡，即时即景，脱口而出。但是，"一切景语皆情语"。就算是自然呈现，脱口而出的景象，也包含着诗人的心情吧。什么心情呢？夏日的骄阳很厉害吧？可是呢，它一下子就西沉了。夏夜的朗月是最让人欢喜的吧？它终于从水面升起，就那么一点儿一点儿地升上了高空。这是一种什么心情？这里有随日落一起丢掉的烦躁，还有随月亮一起慢慢升起的喜悦。所谓近水楼台先得月，诗人身处依山傍水的南亭之中，享受着淡淡清辉，真是惬意。

下两句："散发乘夕凉，开轩卧闲敞。"这真是一种最自在闲适的状态了。为什么说自在？因为散发。古代成年人都要束发戴冠，只有在家闲居时才能披散着头发。所以，散发本身就意味着自在，引申开来，不受官场约束，归隐江湖也叫散发。这就是李白所谓"人生在世不称意，明朝散发弄扁舟"。孟浩然傍晚纳凉，散发本来是事实描述，但是，因为这两个字自带的归隐气息，我们又能感受到诗人那种飘然出世的自在感。那为什么又说闲适呢？因为"开轩卧闲敞"。

大家想象一下，皓月当空，南亭四面的窗子都打开了，诗人就躺在窗下，披着头发，跷着二郎腿，这不就是当年陶渊明所说的"五六月中，北窗下卧，遇凉风暂至，自谓是羲皇上人"吗？真是神仙一般的生活。不过可能有的朋友会发现问题了。孟浩然这个境界，比陶渊明还差一点儿呀，陶渊明之所以觉得舒服，是因为凉风暂至，孟浩然这里，可没有风啊。

别急，风马上就来了。"荷风送香气，竹露滴清响。"风来了，但不是一般的风，而是拂过荷花的风，所以带着荷花的清香。这风吹过竹林，竹叶上的露水摇摇晃晃地掉下来，发出清幽的声响。这不是在夜里吗？诗人什么也没看到，只是听到了

欲取鸣琴弹，恨无知音赏。

露滴落的声音，闻到了荷花的气息。大家也可以闭上眼睛想一下，竹露荷风，这样淡淡的香气、这样幽幽的声响都能被诗人捕捉到，环境得多安静，人心又得多平静啊。

这让我同时想起两个意象来。一个是王维写的"人闲桂花落，夜静春山空"，另一个，则是曹雪芹借香菱之口说出来的"不独菱花香，就连荷叶、莲蓬，都是有一股清香的；但它原不是花香可比，若静日静夜，或清早半夜，细领略了去，那一股清香比是花都好闻呢"。王维写春天，曹雪芹写秋天，孟浩然写夏天，时间、地点、人物、事件样样不同，但都是一样的静，一样的清，一样让人神清气爽，俗虑全消。

竹露荷风都是天籁，中国不是讲天人合一吗？诗人被这天籁打动，忽然兴动，想跟天呼应一下。怎么呼应呢？"欲取鸣琴弹，恨无知音赏。"他想把古琴取来，弹奏一曲。古琴可是中国古代乐器中最古老最清雅的一种。泠泠琴声，正好可以和这清静的环境、清净的心情相配。问题是，《诗经·关雎》说："窈窕淑女，琴瑟友之。"《诗经·鹿鸣》则说："我有嘉宾，鼓瑟鼓琴。"琴为心声，鼓琴的人当然希望能够有人听懂，能够有人理解自己。当年伯牙鼓琴，志在高山，钟子期听了，马上说："善哉，峨峨兮若泰山。"伯牙志在流水，钟子期又说，"善哉，洋洋兮若江河。"高山流水遇知音，这是中国人最赤诚的追求。可是此时此刻，知音却不在身边。所以孟浩然虽然"欲取鸣琴弹"，但终究没有去拿。良辰美景，赏心乐事却无人分享，到这里，惆怅油然而生，这就是"恨无知音赏"，也是点题了。

诗题是《夏日南亭怀辛大》，前面六句都写夏日南亭，到这最后两句，辛大终于出场了。他不是飘然而至，而是从诗人的心里生了出来。辛大是诗人的知音，诗人多么希望他此刻就在身边，听诗人弹琴，陪诗人赏月呀！但是，此事古难全。怎么办呢？

最后两句："感此怀故人，中宵劳梦想。"面对此情此景，我更加想念故人，就让你我在梦中相会吧。从黄昏时分的夕阳西下，到入夜之后的竹露荷风，再到此刻夜深入睡，期待故人入梦，全诗一气呵成，自然醇厚，余韵悠长。毫无疑问，诗人在南亭度过了一个美好的夏夜，虽然有点儿知音不在的小惆怅，但总的说来，诗人并不苦闷，而且还期待用梦境中的相见来弥补此时不见的遗憾。淡泊宁静，悠然自得，这正是一个隐士应有的态度。终南捷径不是真隐士，竹露荷风才是大自在。心静自然凉，这不也是我们过夏天应有的风范吗？

孟郊《游子吟》

在中国传统文化中，属于夏天的节日就是端午和七夕。但如今世界联系越来越紧密，一些外国的节日也走进了中国人的生活，比如母亲节。5月的第二个星期日是西方国家的母亲节，如今母亲节已成为一个国际性的节日，所以我就把跟母亲有关的诗篇放在夏日部分，跟大家一起分享孟郊的《游子吟》。

母亲节固然是个洋节，但全世界的母子之情，都是一样的。如果说不一样，那也只能说，我们中华民族对母亲的感情更深厚、更强烈，对母亲的赞美也更多。

我们有备受尊敬的四大贤母，还有广泛流传的二十四孝，在这二十四个孝行故事里，多半都是关于母亲的。这不仅仅是因为中国讲究孝道，把孝当作最基本的人生德行；也不仅仅是因为子以母贵、母以子贵这样母子相依的社会现实；还因为，在古代中国，爱情是比较低调和压抑的，所以，孩子是母亲最重要的情感寄托，而母亲也是一个男子唯一能够公开赞美、公开表达感情的女性。所以，我们古代虽然没有母亲节，但是，我们有最真挚的心情和最美的诗送给母亲。

游子①吟

孟郊

慈母手中线，游子身上衣。

临②行密密缝，意恐③迟迟归④。

谁言⑤寸草⑥心⑦，报得三春⑧晖⑨。

---

① 游子：像诗人一样离乡远游的人。

② 临：将要。

③ 意恐：担心。

④ 归：回来，回家。

⑤ 谁言：言，说。一作"难将"。

⑥ 寸草：小草。这里比喻子女。

⑦ 心：语义双关，既指草木的茎干，也指子女的心意。

⑧ 三春：旧称农历正月为孟春，二月为仲春，三月为季春，合称三春。

⑨ 晖：阳光。

先看题目。《游子吟》，当然是一首游子献给母亲的诗篇。事实上，游子对母爱的体会，本来也比一般人更深。每天生活在母亲身边的人，大概不免觉得母亲太过多事唠叨，总嫌你吃得少、穿得单薄、交的朋友不靠谱，总约束着你的少年心。可是，一旦离开母亲去闯世界，才深深地体会到，除了母亲，还有谁会真的关心你是不是吃饱了、穿暖了，是不是被人诓了骗了呢？这时候，你才会回过头来，思念母亲。

中国古代的游子，不仅有背井离乡的漂泊感，其实还有深深的愧疚感。因为对于中国人来讲，奉养父母是基本的人生义务，所以《论语》才会说："父母在，不远游，游必有方。"游子长年在外，不能侍奉父母，报答父母的养育之恩，内心其实是非常纠结的。这种情况在孟郊身上格外突出。因为孟郊家里穷，本来需要他及早承担起家庭责任，可孟郊偏偏仕途坎坷，四十六岁才中进士，五十岁才得到一个溧阳县尉的小官，算是有了稳定的俸禄。

想想看，这之前的岁月，他得多焦虑，多痛苦啊。正因如此，孟郊得到溧阳县尉的任命后，立刻就把老母接到溧阳奉养，算是尽一点儿迟到的孝心。同时，多年积攒的思念和愧疚也喷薄而出，于是就有了这首感人至深的《游子吟》。可能有人会问，你为什么这么肯定，说这首诗是在这样的背景之下写的？因为在这首诗下，孟郊自己加了一个注释，"迎母溧上作"。想想看，虽然我们今天常常让小朋友背这首诗，但它可不是小朋友在向妈妈撒娇，而是一个饱经沧桑、满怀愧疚的游子的感叹，这背后的感慨该多深，心情该多复杂。这样的诗是怎么写出来的呢？

看前两句："慈母手中线，游子身上衣。"这是细节切入，一开始，就提供了一个人们最熟悉的生活细节，慈母在给将要远行的游子缝衣服。这个切入点太漂亮了。漂亮在哪里？第一，它最符合母亲的身份；第二，它最能牵动人心。怎么叫符合母亲的身份呢？因为中国古代家庭分工，男耕女织，母亲每天最重要的活动就是纺纱织布，缝补衣衫。因此，缝衣服的母亲，本身就是最典型的母亲。那为什么又说它最能牵动人心呢？因为母亲挑灯缝衣，几乎是最有可能定格在游子心中的场景了。给将要远行的儿子准备行装，这可不是一件容易完成的工作，厚的薄的，家常的正式的，母亲都要考虑到，都要一针一线地缝出来。白天有那么多家务，哪有工夫做这样的细致活儿。所以，母亲只好挑灯夜战。连续多少天，儿子睡觉之前看到的最后一个场景，大概都是妈妈在缝衣服吧；儿子醒来之后看到的第一个场景，可能还是妈妈在缝衣服。这当然会成为游子此后最深的记忆，多少次在异地他乡，午夜梦回，妈妈仿佛还坐在旁边，穿针引线。这样的场景，哪个游子会不动容呢！"慈母手中线，游子身上衣"，一根线，把慈母和游子牢牢地牵在了一起。这根线，就是母子之间长长的情丝。

从缝衣服的动作入手，下面该讲心情了。什么心情呢？下两句："临行密密缝，意恐迟迟归。"这两句话，真是体贴入骨。一针一线地缝衣服当然辛苦，但母亲可绝不偷工减料，她会把针脚缝得比平时更细更密，几乎想让衣服变成铠甲。游子的行踪哪能定得那么准呢？"只说是三四月，又谁知五六年"，不是常有的事吗？万一儿子好几年都不回来怎么办？万一他的衣服在外面破了，又没人缝补怎么办？孩子在母亲的眼里永远那么低能、那么无助，所以她愿意尽自己最大的努力去替他想在前头，预防在前头，这就是"临行密密缝，意恐迟迟归"，母亲的牵挂，就在这千针万线中。我们现代人，大概很少自己在家缝衣服了，但钉扣子的机会还是有的。从商场里买的衣服，扣子往往钉得不牢，穿不了几天就掉了。所以妈妈们往往要重新钉一遍。只要经过了妈妈的手，你放心，就算衣服坏了，扣子也不会掉，这就是母亲对子女的情义。这效率和情义之间，不就是商家和母亲最大的区别吗？

"慈母手中线，游子身上衣。临行密密缝，意恐迟迟归。"四句大白话，没有典故，也没有太多的修饰，就纯粹是白描，慈母的形象已经跃然纸上，而且，还是那么栩栩如生，感人至深。以至于有人评论说，这首诗到这里已经很完美，可以结束了。如果到这里戛然而止，会显得更加含蓄蕴藉，余韵悠长。真的是这样吗？我不同意。因为这不是一般人在写诗，而是一个年过五十的游子在向垂垂老矣的母亲倾诉，这不是在讲技巧，而是多少年压抑的感情喷薄而出。什么样的感情呢？

最后两句："谁言寸草心，报得三春晖。"所谓三春，就是孟春、仲春和季春，也就是全部的春天。春天的阳光照耀着小草，让小草发芽，成长。小草也在努力向上，拥抱着阳光。可是，小草微弱的努力，怎么能够报答太阳于万一呢？这大概就是五十岁的孟郊最深沉的感喟了吧？他从小不羁，年轻的时候时而隐居，时而四处游历；后来才在母亲的敦促下去考科举，不料又接连受挫，直到第三次才得中进士。又过了四年，才得到平生第一个官职——溧阳县尉，终于能够养家糊口。在这之前，母亲为他发了多少愁，替他操了多少心！如今，他终于可以把母亲接到自己的任上养老了，可是，年过半百的儿子迟到的孝养，又怎能抵得上母亲此前几十年的辛苦付出！慈母对游子的恩德，不正像春晖对小草的恩德吗？同样，游子对慈母的孺慕之情，也正像小草对春晖的依恋之意。可是，正如小草永远也无法报答阳光一样，游子如此微薄的心意，又怎能报答母亲那么多年的牵挂和辛劳呢！如此形象的比喻，又是如此天悬地隔的对比，直接冲击着我们的情感，让每个人，特别是每个经历过人生坎坷的成年人都产生深深的共鸣，恨不得立刻扑倒在母亲面前；同时，它又是如此明白，如此温暖，让小朋友读起来也朗朗上口，孝敬之心油然而生。这样看来，孟郊这两句话绝不累赘，这是在替天下儿女抒情，这就是千古绝唱。

说到这里，再对比一下在孟郊之前，另一首动人的亲子之歌吧。

诗经·小雅·蓼莪

父兮生我，母兮鞠我。

拊我畜我，长我育我，

顾我复我，出入腹我。

欲报之德，昊天罔极！

这是什么写法？这不是孟郊那样的细节切入，而是对父母之恩的全方位描述：生我、鞠我、拊我、畜我、长我、育我、顾我、复我、出入腹我，九个动词，九个我，何等朴拙的语言，何等急促的音调。父母这样全方位地保护我、照顾我，自然也就逼出了下面一句话："欲报之德，昊天罔极！"这种高天厚地之恩，我是永远也报答不了呀！这不就是《游子吟》中的"谁言寸草心，报得三春晖"吗？

这两首诗都写亲子之情，都感人至深，传唱千载。它们的差别在哪里？在情感基调。《诗经·小雅·蓼莪》其实是献给去世父母的挽歌，因此它是沉痛的，有点儿字字血、声声泪的感觉；而《游子吟》则带着迎接老母的欣慰，显得非常温暖。读起《游子吟》这首诗，就像体味着阳光洒在身上的感觉，如此自然，而又如此温暖，让人片刻不愿离开，而又永生不能忘记。

李白《江上吟》

　　端午节是夏天的第一大节。它最早是百越民族的一种风俗，后来传遍大江南北，甚至传到了海外，传遍了整个儒家文化圈。传说，端午节起源于屈子投江，所以又叫诗人节，历史上，很多诗人都写过端午诗篇。但是，我要跟大家分享的，不是那种直接描写节日场面的典型节日诗，而是李白的《江上吟》。

　　从题目看，这首诗跟端午节并不直接相关，为什么要把它算作端午诗呢？有两个原因：第一，它写了江上划船，这是端午节的经典活动；第二，他写了屈原，这是端午节的精神象征。端午节现在最通行的说法是纪念屈原，但是在古代，不同的时间、不同的地区，还有过祭祀伍子胥、祭祀曹娥等很多其他说法。为什么最后都逐渐统一成了祭祀屈原呢？因为屈原具有更伟大的精神力量，让很多人，包括"诗仙"李白，都从他身上获得了感悟。

江上吟

李白

木兰①之枻②沙棠舟③，玉箫金管④坐两头。

美酒樽中置千斛，载妓随波任去留。

仙人有待乘黄鹤⑤，海客无心随白鸥。

屈平⑥辞赋悬日月，楚王台榭空山丘。

兴酣落笔摇五岳⑦，诗成笑傲凌沧洲⑧。

功名富贵若长在，汉水⑨亦应西北流。

---

① 木兰：辛夷，香木名，可造船。

② 枻（yì）：同"楫"，舟旁划水的工具，即船桨。

③ 木兰之枻沙棠舟：形容船和桨的名贵。

④ 玉箫金管：用金玉装饰的箫笛。此处指吹箫笛等乐器的歌伎。

⑤ 乘黄鹤：用黄鹤楼的神话传说。黄鹤楼在今湖北省武汉市黄鹤山上，旧传仙人子
　安曾驾黄鹤过此，因而得名。

⑥ 屈平：屈原名平，战国末期楚国诗人，主要作品有《离骚》《天问》等。

⑦ 五岳：指东岳泰山，西岳华山，南岳衡山，北岳恒山，中岳嵩山。此处泛指山岳。

⑧ 沧洲：江海。古时称隐士居处。

⑨ 汉水：发源于今陕西省宁强县，东南流经湖北襄阳，至汉口汇入长江。汉水向西
　北倒流，比喻不可能的事情。

先说题目。《江上吟》，一看这"吟"字，就知道，这是一首歌行。所谓歌行，其实就是七言古诗。有的叫歌，比如白居易的《长恨歌》；有的叫行，比如白居易的《琵琶行》；有的直接叫歌行，比如高适的《燕歌行》；有的叫谣，比如李白的《庐山谣寄卢侍御虚舟》；有的叫吟，比如李白的《梦游天姥吟留别》；还有的诗，并没有这些标志性的字词，但也是歌行，比如李白的《将进酒》。

唐代很多大诗人都作过歌行体，但是写得最多、最好的还是李白。因为这种文体和他的气质最吻合。明朝文学家徐师曾在《诗体明辨》中说得好："放情长言，杂而无方者曰歌；步骤驰骋，疏而不滞者曰行；兼之者曰歌行。"所谓歌行，就是放情长歌，驰骋千里，李白才气大、热情高，写起歌行体，自然是得心应手。这首《江上吟》，就写得非常漂亮。漂亮在哪里呢？

先看前四句："木兰之枻沙棠舟，玉箫金管坐两头。美酒樽中置千斛，载妓随波任去留。"这四句话，真是纵情声色。可能有人会说，这纵情声色可不是好词。那就看你怎么理解声色了。其实，所谓写诗的要领，无非是性情和声色两件事。性情是内蕴的感情，声色则是外在的表现形式。声是韵律感，音乐美；而色则是画面感，颜色美。声和色都有了，诗就特别漂亮，特别铿锵。这四句诗的优点，恰恰在于声色俱美。

先看色。"木兰之枻沙棠舟"，就是以木兰为桨，以沙棠为舟。但只有这么一点儿意思吗？当然不止如此。要知道，木兰就是辛夷花，是一种名贵的香木；沙棠更不得了，根据《山海经》的记载，它的果实可以吃，而且吃了能避水，就不会溺死。相传，当年汉成帝和赵飞燕一起泛舟太液池，划的就是沙棠舟。拿木兰枻配沙棠舟，这不是写实，而是极尽华贵之能事。

另外，当年屈原写《九歌·湘君》篇，不是也说"桂棹兮兰枻，斫（zhuó）冰兮积雪"吗？所以这句诗还是对屈原的致敬之作，符合屈原香草美人的传统。"木兰之枻沙棠舟"，第一句已经如此让人浮想联翩，接下来，第二句就更华丽了——"玉箫金管坐两头"。玉箫金管，就是用玉装饰的箫，用金装饰的管。玉箫金管怎么会坐两头呢？当然不是这两样乐器坐在船的两头，而是手持玉箫金管的歌伎坐在船的两头，想想看，有这样华贵的乐器，她们吹奏的音乐，该是何等动听啊！这么华丽的船，这么华丽的美女，这么华丽的乐器还不够。下面两句，"美酒樽中置千斛，载妓随波任去留"什么意思呢？美酒千斛，何等阔绰，何等豪爽；载妓随波，何等自在，何等潇洒！把木兰枻、沙棠舟、玉箫、金管、美酒、名妓等，这些意象放在一起，真漂亮，真富贵，简直如同神仙世界。

这就是李白的特点，他写什么都美，写什么都夸张，写什么都理想化，这就是色。那声呢？这四句诗有三句押韵，舟也罢，头也罢，留也罢，押平水韵的十一尤，音调都非常铿锵。前四句本来是江上游的一个即景画面，它声色俱美，让人觉得，诗酒之兴尽矣，声色之娱极矣！接着呢？

下四句："仙人有待乘黄鹤，海客无心随白鸥。屈平辞赋悬日月，楚王台榭空山丘。"这四句，其实是对仗工整的两联。前一联："仙人有待乘黄鹤，海客无心随白鸥。""仙人有待乘黄鹤"，用的是仙人子安骑鹤飞临黄鹤楼的传说。而"海客无心随白鸥"，用的是《列子·黄帝篇》的典故，说一个海边的孩子每天跟海鸥玩，海鸥都亲近他，后来他有心抓海鸥，海鸥就不理他了。这个典故，后来引申为一个白鸥的意象，象征了无心机，与世无争。

这两句诗放在一起是什么意思呢？李白是说，就算是仙人，要想上天，也只能等待黄鹤，不能随心所欲；而作为一个海客，作为一个已经没有了世俗心机的人，却能物我两忘，和白鸥一样自由自在。如此说来，就算神仙，都不如海客自在呢！这海客是谁？当然就是诗人自己。李白一向笑傲王侯，此刻携妓纵酒，更觉得豪气干云，神仙都不放在眼里，更何况世上的王侯将相呢！这个意思一出来，再加上又是泛舟江上，他自然而然地想到了和自己一样身份的大诗人屈原，于是下一联也就顺理成章了："屈平辞赋悬日月，楚王台榭空山丘。"

屈平就是屈原，屈原何许人也？他只是一个失意的臣子，一个孤高的诗人，而且还被谗遭贬，自沉汩罗，看起来很可怜吧？楚王何许人也？楚王可是楚国的最高统治者，要权有权，要势有势。楚灵王的章华台、楚庄王的钓台，在历史上都是出了名的奢侈繁华。以世俗的眼光来说，屈原哪里比得上楚王！可是，"屈平辞赋悬日月，楚王台榭空山丘"。屈原凭借着《离骚》《天问》这样伟大的诗篇，而与日月争光，永垂不朽，可楚王呢？他们建起那么多亭台楼阁都到哪里去了？如今只剩下一片荒丘，他们早就被人遗忘了！以海客对仙人，以屈原对楚王，这本来都是以卑对尊，以下对上，但是，对比之后，胜出的不是神仙、王侯，而是海客、诗人，这是何等自信，何等骄傲呀！

这两联承上启下，前一联承接前四句，是对泛舟的肯定，说它自由，神仙难比；后一联则是对文章的肯定，说它永恒，足以傲视王侯。既然已经肯定了文章的力量，那下四句也就喷薄而出："兴酣落笔摇五岳，诗成笑傲凌沧洲。功名富贵若长在，汉水亦应西北流。"我兴酣落笔，能够摇撼五岳；我诗成笑傲，可以凌驾沧海。这是多大的口气呀！可李白说出来，就那么自然，大家就那么服气。杜甫不也说他"笔落惊风雨，诗成泣鬼神"嘛！李白的笔力就是如此雄健，李白的气象就是如此高迈，他就是这么傲岸不羁，就是这么才气纵横。

那接着呢？"功名富贵若长在，汉水亦应西北流。"这功名富贵，其实直接承接的是楚王台榭，它是把楚王台榭抽象化了，同时又把笑傲的内容具体化了。诗人笑傲的是什么？他笑傲的是世人汲汲营营的功名利禄。这些东西，真的有那么长久吗？"功名富贵若长在，汉水亦应西北流。"这是一种强烈的否定，为了表达这强烈的否定，他甚至拿一种根本不可能出现的自然现象来对比。什么自然现象呢？滚滚长江东逝水。大家都知道，汉江发源于陕西，汇入长江，又奔向大海，大江东去，势不可当。它会往西北回流吗？当然不会。

那么，富贵功名会长久吗？当然也不会！这就好比汉乐府的《上邪》："上邪！我欲与君相知，长命无绝衰。山无陵，江水为竭，冬雷震震，夏雨雪，天地合，乃敢与君绝！"山会无头吗？江会枯竭吗？冬天会打雷吗？夏天会下雪吗？天地会合上吗？当然不会，既然如此，我也不会和你断绝！这不就是用根本不可能的事情来做假设，来表达一种不可抗拒的否定吗？这样的否定，相当具有感染力。既然富贵不常，何不任情泛舟呢？有人可能会以为，这首诗讲携妓纵酒，是要人及时行乐，不大健康。这就是不懂李太白了。李太白在讴歌文章，讴歌自由。他在唾弃富贵，唾弃世俗。这样的高调是了不起的，而且，他的高调之中，还带着一点儿"痛饮狂歌空度日，飞扬跋扈为谁雄"的伤感，带着建功立业，不负光阴的渴望。这就是李白的真性情，也是大唐的真精神。

王维《积雨辋川庄作》

夏天到了，雨水也越来越多了。俗话说"春雨贵如油，夏雨遍地流"。好像夏天的雨并不稀罕，但事实上，夏天的雨水对农业也一样重要，特别是在小满这个节气。江南的谚语说："小满不满，干断田坎""小满不满，芒种不管"。小满就是要有满满的雨水，然后，才能期待满满的收成。既然如此，我就跟大家分享一首写雨的诗，王维的《积雨辋川庄作》。

积雨辋川庄①作

王维

积雨空林烟火迟，蒸藜②炊黍③饷东菑④。

漠漠水田飞白鹭，阴阴夏木啭⑤黄鹂。

山中习静⑥观朝槿，松下清斋折露葵⑦。

野老⑧与人争席罢⑨，海鸥何事更相疑。

---

① 辋（wǎng）川庄：王维在辋川的宅第，在今陕西蓝田终南山中，是王维隐居之地。

② 藜（lí）：一年生草本植物，嫩叶可食。

③ 黍（shǔ）：谷物名，古时为主食。

④ 饷东菑（zī）：给在东边田里干活儿的人送饭。菑：已经开垦了一年的田地，此泛指农田。

⑤ 啭（zhuàn）：鸟婉转的啼叫声。

⑥ 习静：指习养静寂的心性。亦指过幽静生活。

⑦ 葵：葵菜。葵为古代重要蔬菜，有"百菜之主"之称。

⑧ 野老：村野老人，此指作者自己。

⑨ 争席罢：指自己要隐退山林，与世无争。

辋川真是王维的福地。王维在这里写春天，是"人闲桂花落，夜静春山空"。写秋天，是"空山新雨后，天气晚来秋"。写夏天，最好的就是这首《积雨辋川庄作》。好到什么程度？有评论家认为，唐人七律的压卷之作不是崔颢的《黄鹤楼》，也不是杜甫的《登高》，而是王维这首《积雨辋川庄作》。这首诗究竟好在哪儿呢？

　　先看首联："积雨空林烟火迟，蒸藜炊黍饷东菑。"这真是一幅烟火气十足的田家乐。"积雨空林烟火迟"，一连下了几天雨，空气湿度大，火自然难烧，连炊烟上升得都特别慢。王维还有一个名句，叫"大漠孤烟直"。大漠之上，空气干燥无风，所以狼烟冲天直上。辋川可不一样。夏日空林，雨云低垂，炊烟无力，缓缓上升。一个孤烟直，一个烟火迟，对照一下，大家就明白了，王维观察生活多细致，刻画生活多生动。

　　再看第二句，"蒸藜炊黍饷东菑"，藜就是我们常说的灰灰菜，直到今天，也是一种常见的野菜。黍就是黍子，也叫大黄米，在古代是五谷之一，是主粮。"蒸藜炊黍"，简单来说就是做菜做饭的意思，但是，又不是一般的饭菜，而是最简单的粗茶淡饭。为什么一定强调是粗茶淡饭呢？因为做饭的目的是"饷东菑"，就是给在村东头的土地上干活儿的人送饭。

古代对土地的描述远远比今天要复杂。按照《说文解字》的讲法，第一年开荒的土地叫菑，第二年的土地叫新，第三年的土地叫畬。连续耕种三年，就要休耕，换一块土地了。菑、新、畬在上古本来分得很细，但是到了唐朝，人工施肥的能力提高，关中平原的土地基本不轮种了，所以菑也罢，畬也罢，也就成了田地的代称。农妇给农夫送饭，自然不会是什么珍馐美味，只会是粗茶淡饭而已，这就是"蒸藜炊黍饷东菑"。"积雨空林烟火迟，蒸藜炊黍饷东菑。"我们仿佛一下子就看到了雨雾笼罩的村庄，村庄上空低回的炊烟，还有村子里忙碌的农妇，这是多么富有生活气息的场景啊！而且，因为农妇要饷东菑，我们的眼光也自然而然地转向了村外的土地。那里是什么样子呢？

看颔联："漠漠水田飞白鹭，阴阴夏木啭黄鹂。"广阔的水田上，白鹭翩然飞起，浓密的树林里，黄鹂婉转欢唱。这一联真是美极了。美在哪里？首先是颜色搭得好。一只白鹭、一只黄鹂，颜色多漂亮啊。问题是，只有白和黄两种颜色吗？当然不是。长满了水稻的水田是绿色的，夏天的树林也是绿色的。虽然诗句中只出现了黄和白，但是，我们还能自动脑补进去深深浅浅的绿，这是多么干净、多么明媚的画面啊。不仅颜色搭

积雨空林烟火迟，蒸藜炊黍饷东菑。

得好，两种鸟配得也漂亮。白鹭是大鸟，身姿优美，所以让它在水田上飞，白鹭一飞，翩然舒展，我们的眼睛都亮了。而黄鹂是小鸟，声音娇美，所以让它在树影里叫，黄鹂一啭，清亮婉转，我们的耳朵都醉了。以大鸟对小鸟，以动作对声音，已经很好了吧？这还不够。这一联的形容词也用得好。什么形容词呢？"漠漠"和"阴阴"。这里还有一桩公案。

唐朝有一位诗人叫李嘉祐，他也有一联诗，就叫"水田飞白鹭，夏木啭黄鹂"。跟王维的诗只差"漠漠"和"阴阴"这两个形容词。所以写《唐国史补》的李肇一看就说，果然是千古文章一大抄，这王维分明是在抄袭李嘉祐嘛。他这言论一出，马上有粉丝来替王维说话了，是谁呢？明朝的大文人胡应麟。他说，王摩诘是盛唐诗人，李嘉祐是中唐诗人，王在前，李在后，怎么能说是王抄李呢？分明是李抄王。这个辩驳貌似解决了问题，其实不太有力。因为李嘉祐生卒年不是很清楚，虽然一般判断是要比王维稍晚，但王维这首诗是晚年的作品啊，万一李嘉祐少年时代写过水田飞白鹭呢？王维还是有可能抄袭。所以，真正有力的反驳不在这里。在宋朝的叶梦得。叶梦得说，诗中用叠字最难，但是用好了，也最见精神。王维这两句诗的好处，正在添加了"漠漠""阴阴"两个词。这两个词一出来，原本很普通的"水田飞白鹭，夏木啭黄鹂"一下子就有了诗意，成了佳句。

所以，退一步说，就算李诗在先，王诗在后，那也不是王维抄袭李嘉祐，而是王维点化了李嘉祐。漠漠是什么？是广阔，漠漠水田飞白鹭，这个画面多开阔呀，白鹭飞舞，才能自在而不局促。阴阴是什么？是幽深，树木深秀，黄鹂的歌声从枝叶的缝隙里透出来，才能深邃而不直白。这种意境的营造，正是诗的真谛。这样看来，"漠漠水田飞白鹭，阴阴夏木啭黄鹂"相对于"水田飞白鹭，夏木啭黄鹂"，就犹如"落霞与孤鹜齐飞，秋水共长天一色"相对于"落花与芝盖齐飞，杨柳共春旗一色"一样，不是抄袭，而是革命性的改造。这个改造一完成，千古流传的佳句也就出来了。

我们一直在讲，"一切景语皆情语"。王维写了那么宁静安闲的村庄，又写了这样如诗如画的水田，他对这田园生活是什么态度？要知道，辋川就是他的家，他不是悠然神往，而是陶醉其中。这样一来，颈联自然而然也就出来了："山中习静观朝槿，松下清斋折露葵。"这一联真清寂，真有禅意。木槿花朝开夕落，诗人养静于深山之中，看到木槿朝荣夕败，自然能够领悟人生的荣枯无常，这是"山中习静观朝槿"。

那"松下清斋折露葵"呢？是说幽栖于万古长青松林之下，只摘些带着露水的葵菜下饭，守素长斋。为什么一定是葵菜呢？要知道，葵菜曾经是古代最常吃的一种菜，号称"百菜之主"，《诗经·七月》不就说"六月食郁及薁（yù），七月烹葵及菽（shū）"吗？更出名的还有"青青园中葵，朝露待日晞"。问题是，这种菜到唐朝以后就很少吃了。因为口感不好。追求享受的人，早就换了口味，改吃时新的蔬菜。但是，正因如此，葵才有一种自然而然的身世之感。曾经荣耀，终归黯淡，这不是可以当作人生一样细细品味吗？这样一来，"山中习静观朝槿，松下清斋折露葵"，就不仅仅是写日常生活，还是写一种人生态度了。世态炎凉，人生无常，既然如此，还争什么抢什么，何不回到自然之中，去静静地品味这份寂寞，坚守清心的状态呢？问题是，诗人是这样想的，外人能够理解到诗人的恬淡之心吗？

再看尾联："野老与人争席罢，海鸥何事更相疑。"这一联诗，连用了两个典故。第一个典故是争席。这是《庄子·寓言篇》里讲的一件事。有一个叫杨朱的学者去跟从老子学道，路上旅舍主人小心翼翼地招待他，其他客人也都给他让座；等他学成归来，其他的客人却不再让座，相反，都和他"争席"，抢座位了。因为杨朱通过学习，已懂得自然之道，不再显得与众不同了。

第二个典故是海鸥，在上一篇讲《江上吟》时已经介绍过了，这是《列子·黄帝》中的典故，讲一个人没有心机的时候，海鸥都和他玩耍，一旦动了心思想抓海鸥，海鸥就离他而去了。这两个典故都不复杂，问题是，这一联诗到底是什么意思呢？有一种解释是说，我都已经像杨朱和旅客争席那样，和辋川的老百姓打成一片，不分彼此了，海鸥为什么还要疑心我呢？还有一种解释是说，我已经争够了、斗够了，再也不参与世俗了，人们为什么还要猜疑我呢？哪一种更合理？我个人倾向于第二种。我一直觉得，王维并不能真的像陶渊明那样，挂冠归去，直接当一个农民。王维始终是半官半隐，并没有放弃士大夫的身份。所以，他可以看农妇蒸藜炊黍，看农夫插秧耕田，但是他本人呢？却只是观朝槿、折露葵而已。他在心境上可能是放下了，但是，他跟现实政治的联系并没有真的斩断，所以，才会有人猜疑他只是假装隐居。而他也才会回应，"野老与人争席罢，海鸥何事更相疑"。

换句话说，这首诗并没有像好多人说的那么幽静闲适。事实上，它还带着王维对现实政治的不满，带着一点儿不平之气。

这样解释会不会影响我们对整首诗的审美呢？当然不会。正因为世俗混乱而复杂，诗人才会觉得"漠漠水田飞白鹭，阴阴夏木啭黄鹂"是如此宁静和谐，才会把它写得如此开阔舒展，而又色彩鲜明，风度闲雅，让我们今天看了，还能陶醉不已。

不归何所为，桂树相留连。

高骈《山亭夏日》

夏至是一年的"四时"之一，标志着盛夏的到来。很多人都知道，从冬至开始，就进入了数九，九个九数完，冬天就结束了。其实，夏至之后也可以数九，这个数九叫作"夏九九"，还有一首朗朗上口的《夏九九歌》："夏至入头九，羽扇握在手；二九一十八，脱冠着罗纱；三九二十七，出门汗欲滴；四九三十六，卷席露天宿；五九四十五，炎秋似老虎；六九五十四，乘凉进庙祠；七九六十三，床头摸被单；八九七十二，子夜寻棉被；九九八十一，开柜拿棉衣。"夏九九数完，盛夏也就转为秋凉。在中国，每一个季节都有自己的当令花朵，春天是桃花杏花，夏天是荷花蔷薇，秋天是菊花桂花，冬天就算是梅花和雪花吧。在这个蔷薇盛开的夏至，我来和大家分享一首武将所写的夏日之诗。

山亭夏日

高骈

绿树阴浓^①夏日长，楼台倒影入池塘。

水晶帘^②动微风起，满架蔷薇^③一院香。

---

① 浓：指树丛的阴影很深。

② 水晶帘：是一种质地精细而色泽莹澈的帘。比喻晶莹华美的帘子。

③ 蔷薇：植物名。

为什么非要强调是武将写的诗呢？因为传统来讲，写诗本来属于文人雅事，武将只要熟读兵法，弓马娴熟，"会挽雕弓如满月，西北望，射天狼"就可以了，完全可以不会写诗，也不需要写诗。但是，话又说回来，中国一直有文官政治的传统，文人势力大，就算是武将，也希望做一个儒将，能够提得起笔。所以，威风凛凛如岳飞，也要靠《满江红》增色。这是一个传统。

还有，有些武将，虽然没念过几天书，但是天分好，出口成诗。就像《红楼梦》里的王熙凤，本来大字不识，看到大观园里姑娘们结诗社，在芦雪庵咏雪联句，也非要凑个热闹，给姑娘们起个头。她怎么起的呢？"一夜北风紧"。这句话写得真不错，按照大观园里姑娘们的说法，这句虽粗，不见底下的，正是会作诗的起法。其实，不光王熙凤有这个天分，很多武将也有。比如这首《山亭夏日》的作者高骈的爷爷高崇文。高崇文是幽州人，从小打仗，目不识丁。唐德宗的时候，皇帝要任命他当长武城都知兵马使，因为他不识字，所以干脆不颁发委任状，而是让宦官直接宣敕任命。后来，他从叛军手里收复四川，按照规矩应该留在当地做官，可是他嫌当地方官太复杂，还要看文书，一而再，再而三地给皇帝上书，要求改派边

绿树阴浓夏日长，楼台倒影入池塘。

疆，再过一过打仗的瘾，真是至死不改军人本色。

可是，就这么一个全文盲，有一次，也是下雪，他手下的文书们都凑在一起写诗，他听了听，觉得有趣，就对这些文人讲：我是一个武夫，但今天也想写一首。他是怎么写的呢？"崇文崇武不崇文，提戈出塞号将军。那个髇（xiāo）儿射雁落？白毛空里雪纷纷！"所谓髇儿，其实是幽州的一句黑话，就是健儿、勇士的意思。整首诗怎么理解呢？我虽然叫高崇文，可是我只崇尚武功，不崇尚文辞。如今我提戈出塞，当了将军。我手下哪个健儿把大雁射下来了？你看那漫天的大雪，不就是纷纷落下的白色雁毛嘛！有意思吧？自古咏雪，有各种各样的比法。谢道韫说"未若柳絮因风起"，岑参说"千树万树梨花开"，李白说"燕山雪花大如席"，高崇文把雪花比成了大雁的白翎，而且因为被健儿射中了，才纷纷飘落。这个比喻，真有武将的风采。所以，他周围那么多文人咏雪，都没留下来，偏偏留下了高崇文这一首。就因为他这首诗里有生活，还有天分。

高崇文是个武将，到了孙子高骈这辈，还是武将，曾经建立过收复交趾的大功。而且，又遗传了爷爷的诗人基因，诗写得比爷爷更好。其中最好的，就是这首《山亭夏日》。怎么好呢？

先看第一句，"绿树阴浓夏日长"。可能有人会说，这句不就是说夏天树木茂盛，夏天天长吗？这没什么精彩之处呀。这可不尽然。什么叫绿树阴浓？其实不光是指树木繁茂，还点出了写诗的时间。什么时间呢？正午。为什么是正中午？因为所谓阴浓，不仅仅是说树枝密、树叶多，还指树荫的颜色深。什么时候树荫的颜色最深？就是正午，太阳直射的时候。这个时候天也最热，大家都不在外头活动了，都回到屋子里歇晌。夏天本来天就长，再加上不做事，就显得天尤其长。

我们还拿《红楼梦》来举例子。《红楼梦》第三十回，贾宝玉给王夫人的丫头金钏吃香雪润津丹，王夫人反倒说金钏勾引小爷，不就是因为夏天日长，大家都在睡午觉，贾宝玉找不到人跟他玩儿，才闯下的祸吗？那贾宝玉闯了祸，赶紧逃回大观园，看到的是什么景致呢？《红楼梦》的原文正是："赤日当空，树阴合地，满耳蝉声，静无人语。"想想看，这一大段情景，不正是"绿树阴浓夏日长"吗？所以这句话貌似平淡，但是反复品味能感受到作者观察生活真细致，感受力真强，一下子就把夏天的热、夏天的长都写活了。

再看第二句，"楼台倒影入池塘"。夏天最热的时候，一丝风也没有，树是静的，人是静的，水也是静的。诗题不是《山亭夏日》吗？亭子建在水边，因为静水无波，所以楼台的倒影映在水里，清清楚楚，一动不动，就好像楼台就在水里一样。这个"入"字多漂亮啊，不是"楼台倒影映池塘"，而是"楼台倒影入池塘"，让我们都觉得，这水里的楼台和地面上的楼台，不知何者为幻、何者为真了。夏日天长，静水无波，静有静的美。可是，光有静态还是太单调了，缺乏变化。怎么办呢？

看第三句，"水晶帘动微风起"。就在这一片安宁、一片寂静之中，变化出现了，一丝微风吹起了。既然是微风，诗人是怎么知道的呢？他不是自己感觉到了，而是看到"水晶帘动"了。什么是水晶帘？是不是指山亭上悬挂的珠帘呢？这样理解当然也不是不可以。但是，诗人刚才不是站在水边，看"楼台倒影入池塘"吗？所以这水晶帘，更像是指晶莹透明的水面。本来，池水还是一动不动的，所以倒映在水中的楼台才能那么逼真。可是现在，忽然之间，水面出现了粼粼波光，仿佛水晶帘动起来了，水里的楼台也随之动了起来，这个时候，诗人才恍然大悟，原来是起风了呀。这不就是"水晶帘动微风起"吗？夏日正午的微风，本来难以察觉，可是，诗人借助水波的变化察觉到了，这是通过视觉来写风，多微妙呀！

第三句看见风了。第四句"满架蔷薇一院香"，诗人又闻见风了。山亭的边上，种了满架的蔷薇花。蔷薇跟荷花一样，都是夏天的标志性花朵，无风的时候，蔷薇的花香似乎都被锁住了。可是，这一阵风来，虽然人还没有感觉到，但是，蔷薇的花香已经被吹过来了，一下子，整个小院都是沁人心脾的花香。这是多么美妙的场景啊！满架蔷薇一院香，这不正是闻到的风吗？先用视觉来表现风，再用嗅觉来表现风，把一丝不易察觉的微风表现得如此细腻，又如此动人。谁能料到，这诗出自一个整日戎马倥偬的将军之手呢！

整首诗看下来，绿树阴浓，楼台倒影，池塘水波，满架蔷薇，这是多美的静物画儿呀！可是，静中有动，一阵风来，水晶帘动，满院花香，让人觉得又清凉又陶醉，真可谓夏日之乐，何乐如之！这诗就算放在文人诗中，也绝不逊色。

元结《石鱼湖上醉歌》

夏至之后是小暑和大暑。到了这两个节气，也就进入一年之中最热的一段时间。白日长天，烈日烤得树叶都垂了头，只有阵阵蝉鸣，愈添聒噪。时而一阵电闪雷鸣，大大的雨点儿噼噼啪啪砸在地上，先是砸起一片尘土，接着形成一幕水帘，再接着，云散雨收，暑气减少不了几分，反倒又添了湿气，更觉得闷热。所以民谚说："小暑大暑，上蒸下煮。"每到这个时候，真是学生厌学，佳人倦绣，连写公文的官人也抛了文案，昏昏欲睡起来。怎么办呢？

这个时候，若能抛开手头的活计，找个开阔的水面坐下来，披襟散发，享受几缕清风，再约几个知己，随意吃点儿酒肉，浮一大白，真是人生快事。有没有这样的生活呢？当然有，且看元结的《石鱼湖上醉歌》。

石鱼湖上醉歌

元结

石鱼湖，似洞庭，夏水欲满君山青。

山为樽，水为沼①，酒徒历历②坐洲岛。

长风连日作大浪，不能废③人运酒舫④。

我持长瓢⑤坐巴丘，酌饮⑥四坐以散愁。

---

① 沼（zhǎo）：水池。

② 历历：分明可数。清晰貌。

③ 废：阻挡，阻止。

④ 酒舫（fǎng）：供客人饮酒游乐的船。

⑤ 长瓢：饮酒器。

⑥ 酌（zhuó）饮：舀取流质食物而饮。此指饮酒。

唐朝的诗人里，李白是仙，李贺是鬼。那这首《石鱼湖上醉歌》的作者元结是什么呢？元结和他们都不一样。元结是人。但是，元结也不是一介凡夫俗子，他是猛人，也是好人。为什么这么说呢？元结跟李白、李贺有一个很大的区别，李白和李贺都是神童出身。李白号称"五岁诵六甲"，很早就通读别人的作品；李贺更是七岁成诗，很早就有了自己的作品。而且，这两位到十五岁的时候都已经名满天下，开始四处结交同好，以诗会友了。

可元结不一样，他小时候就是浪荡子，十五岁的时候还大字不识几个，到了十七岁才折节读书。按照现在的说法，算是早已输在了起跑线上。那是不是他的人生就很失败呢？当然不是。元结后来也考了进士，当了官，但少年时期刚猛的性格不变，他曾经亲临战场，抗击安史叛军，保全十五座城池免遭涂炭，比李白的"为君谈笑静胡沙"要踏实多了。一介书生，而能抗贼杀敌，当然算是猛人。那为什么又说他是好人呢？因为他当官之后，很有父母官的心肠。他当道州刺史的时候，正值安史之乱刚刚结束，道州残破，原来全州有四万多户人家，经过战乱，只剩不到四千户，真是十不存一。

就在这种情况下，朝廷还一连下发了二百多个文件，催征

长风连日作大浪，不能废人运酒舫。

赋税，而且给元结下命令说，如果缴不上赋税，就贬官处理。一边是自己的仕途，一边是老百姓的性命，怎么办呢？元结慨然抗命，宁可自己被贬，也不忍欺压百姓，还写了一首《舂（chōng）陵行》明志。这个行为受到杜甫等一干大诗人的高度赞赏，说他让"万物吐气，天下稍安"。当官能为民做主，当然是个大好人。更难得的是，元结不仅是个猛人，是个好人，还是个有趣的达人。他当道州刺史，该为民请命就为民请命，该抗击贼寇就抗击贼寇，可是，烦冗复杂的公务之余，元结还不忘饮酒作乐，陶醉在青山绿水之间，《石鱼湖上醉歌》就是他在道州时的作品。

先看题目，《石鱼湖上醉歌》。石鱼湖，算是元结发掘出来的一处小名胜。本来就是一个很普通的湖，因为湖中有一块大石头，像是一条鱼浮在水面，所以元结就给这个湖起了个名字，叫石鱼湖。更妙的是，这块石头不仅形象好，中间还凹进去一块，稍微修整一下，正好可以用来藏酒。湖边又有一些零散的石头可以坐人，小船还可以在湖岸和石鱼之间往来穿梭，真是一个天造地设的宴饮之地。所以元结一旦有余暇，就招呼朋友到石鱼湖喝酒，这首《石鱼湖上醉歌》讲的就是这样一次宴会的场景。

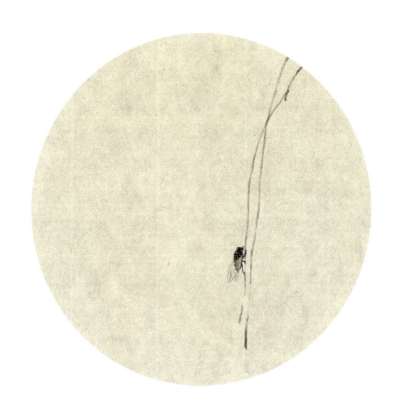

人皆苦炎热，我爱夏日长。

在诗题之后，元结还自己写了一段序：

> 漫叟以公田米酿酒，因休暇，则载酒于湖上，时取一
> 醉。欢醉中，据湖岸，引臂向鱼取酒，使舫载之，偏饮坐
> 者。意疑倚巴丘酌于君山之上，诸子环洞庭而坐，酒舫泛
> 泛然触波涛而往来者，乃作歌以长之。

什么意思呢？他说，我拿公田里的米酿了点儿酒，又趁休
息的时候，把酒运到石鱼中藏起来，不时地到这里喝喝酒，买
买醉。喝得微醺的时候，靠着湖岸，伸长了胳膊到石鱼中拿酒，
让小艇载了，分送给坐在周边石头上的朋友，让他们一醉方休。
这情景，简直像是缩微版的洞庭湖啊！我好像倚着巴丘，又在
君山上举杯，而我的朋友们则分坐在洞庭湖周边，小艇乘风破
浪来给我们送酒，这是多快乐的事呀！怎么能不高歌一曲呢？
大家想想，元结这是什么情调？这其实就是中国古人安排园林
的情调。明明只是些山微水，经过巧妙布置、合理想象之后，
就仿佛有了名山大川的风范，让人身处弹丸之地，却能思接千
里，神游于天地之间，这不是经典的文人情调吗？这样的情调
怎么写呢？

看第一句："石鱼湖，似洞庭，夏水欲满君山青。"一湾小小石鱼湖，在我眼里像洞庭湖。夏天湖水涨起来，石鱼仿佛君山青。这句诗就是那么简单，把石鱼湖比作洞庭湖，把石鱼比作君山，湖水满涨，山色青青，虽然是夏天，却有一份难得的清凉感扑面而来，让人觉得心情是那么愉快。

第一句写山水之美，第二句该转到人了："山为樽，水为沼，酒徒历历坐洲岛。"徜徉在这山水之间的，可不是一般的人，而是一群酒徒，所以看山不是山，看水不是水。那是什么呢？在这些人眼里，山就是酒樽，水就是酒沼，酒徒们一个个坐在湖中的小岛上，指点河山，痛饮美酒，这是何等惬意，又是何等意气风发呀！

这样的良辰美景，赏心乐事，酒徒们当然是心满意足，恨不得时时到石鱼湖厮混。可是，天公不作美，连日风雨大作，怎么办呢？看第三句："长风连日作大浪，不能废人运酒舫。"连日风雨，白浪滔天又算得了什么？送酒的小船照样在石鱼和洲岛之间穿梭，把美酒送到每一个酒徒的面前。这句话真有意思。通常来讲，我们战天斗地的时候，总想赋予它一些特殊的意义，比如，李白写"长风破浪会有时"，那是对人生价值的追求；范仲淹讲"君看一叶舟，出没风波里"，那是讲生计的艰难。

可是，元结的小船乘风破浪只是给酒徒们送酒而已。有什么深刻的意义吗？没有。但是，快乐难道不算是人生的意义？乘风破浪地追求快乐，这不也是一种人生的豪气！

酒送到了，酒徒朋友们都高兴了，元结也感受到了由衷的快乐。什么样的快乐呢？看最后一句："我持长瓢坐巴丘，酌饮四坐以散愁。"我就拿着一个长瓢，稳坐巴丘，给这个斟酒，给那个斟酒，让大家有忧的解忧，有愁的散愁。这是多好的主人啊！

这里没有李白"五花马，千金裘，呼儿将出换美酒"的豪情，也没有李贺"琉璃钟，琥珀浓，小槽酒滴真珠红"的奢华，跟他们相比，元结的酒宴太平凡了，甚至让人想起了学校食堂里打饭的大师傅，给这个一勺，给那个一勺，眼看着饥肠辘辘的学生们期待而来，满意而去。但是，这里的感情却是真快乐。虽然元结也说"酌饮四坐以散愁"，但这个愁，不是李白那个"与尔同销万古愁"的愤懑，也不是李贺那种"酒不到刘伶坟上土"的悲凉，这个愁大概就是柴米油盐、公文应酬等琐碎的烦恼，它容易生，也容易解，所以，当元结说"我持长瓢坐巴丘，酌饮四坐以散愁"的时候，我们真的相信，这愁解开了，这群酒徒快乐了。

这是属于凡人的小快乐，但也是我们每个人都能分享的真快乐。这种快乐最像谁呢？个人觉得，最像《醉翁亭记》里的欧阳修："树林阴翳，鸣声上下，游人去而禽鸟乐也。然而禽鸟知山林之乐，而不知人之乐；人知从太守游而乐，而不知太守之乐其乐也。"与友同乐，与民同乐，是好人，也是快乐的人，这样的生活，真是令人向往。

王昌龄《出塞》

过了小暑大暑，时令就进入了秋天。但是，夏天还有一个现代的节日没说到——建军节。中华人民共和国的建军节定在了8月1日，正是在1927年8月1日那个炎热的夏日，在共产党的领导下打响了南昌起义的第一枪，人民军队就此诞生。1933年，中华苏维埃共和国临时中央政府将8月1日定为中国工农红军成立纪念日。中华人民共和国成立后，将此纪念日改称为中国人民解放军建军节。当年，近代爱国志士梁启超读《陆放翁集》之后慨然写道："诗界千年靡靡风，兵魂销尽国魂空。集中十九从军乐，亘古男儿一放翁。"古代也罢，今天也罢，没有军魂，何来国魂。所以，在夏日的最后，我们选一首军旅诗，希望它能一扫夏日的溽暑，迎来清爽的秋天。下面我就跟大家分享一首王昌龄的《出塞》。

出塞

王昌龄

秦时明月汉时关，万里长征人未还。

但使①龙城飞将在，不教②胡马③度阴山④。

---

① 但使：只要。

② 不教：不叫，不让。教：令，使。

③ 胡马：指侵扰中原的北方游牧民族骑兵。

④ 阴山：位于今内蒙古中部及河北北部，是中国北方的屏障。

《出塞》本来是汉朝的曲子，相传是汉武帝时期乐师李延年所作。但是，《西京杂记》又说，汉高祖的宠姬戚夫人当年就擅长演唱《出塞》《入塞》，大概真正的形成时间还更早些。在汉乐府中，《出塞》属于横吹曲，是军乐。然而根据《晋书》的记载，五胡入华，名士刘畴到坞堡中避难，有几百个胡人想要冲击堡垒，危难之际，刘畴镇定自若，拿出胡笳（jiā），吹起《出塞》《入塞》两首曲子，胡人听了，都勾起思乡之情，流着眼泪离开了。这很像是楚汉战争中四面楚歌的作用。按照这个说法，《出塞》又应该是胡人的曲调，才能引起胡人的乡愁。如此看来，这个曲调应该有着非常复杂的演进过程。但是无论如何，到唐朝，它已经成为一个乐府旧题，诗人们都按照自己的理解为它填上新词，原本的曲调已经没那么重要了。唐朝重军功，战争不断，写过《出塞》的诗人也特别多，比如，杜甫有"落日照大旗，马鸣风萧萧"，王维有"居延城外猎天骄，白草连天野火烧"。但是，在所有的《出塞》中，最著名的，还是王昌龄这一首。这首诗好在哪里呢？

　　先看第一句，"秦时明月汉时关"。这一句，真是横空出世，一个最广袤的空间和最辽远的时间同时出现了。大家知道，很多边塞诗，都擅长写广袤的空间背景，比如"黄河远上白云间，一片孤城万仞山",比如"青海长云暗雪山,孤城遥望玉门关",再比如"大漠孤烟直,长河落日圆"。但是,这首《出塞》不一样,它不仅有明月、雄关这样的空间感,更有秦时、汉时这样的时间感。什么叫"秦时明月汉时关"?很多诗评家都认为这句诗不可解。

《三国演义》的卷首词"滚滚长江东逝水"的作者,明朝大诗人杨慎在他的《升庵诗话》里给了一个解释,说这句诗的意思是秦朝虽然远征,但尚未设关,敌人来了,就在明月照亮的空旷土地上跟他作战,敌人走了就收兵,不会超时服役;而到了汉朝,在边疆设立大量关塞。这样一来,士兵被迫常年驻守边关,回家也就遥遥无期了。也就是说,杨慎认为王昌龄把秦时明月和汉时关都落到了实处,明月就属于秦朝,关就属于汉朝。是不是这样呢?个人认为,这句诗的解释,不能砸得那么实。这其实是一句互文,不是秦朝的明月、汉朝的关,而是秦汉时的明月、秦汉时的关。那为什么写唐朝的边塞,一开篇会先说到秦汉呢?

这里除了有我们经常说到的以汉比唐的意味,还有一种深沉的历史感。此时此刻,多少戍边的将士正身处边关,仰望明月。可这明月不仅照耀着他们,也照耀过秦汉的戍卒。这边关不仅驻扎着他们，也驻扎过秦汉的征人。成百上千年之间，一代代的战士就这么离开故土，走向边塞。高高的明月和冷峻的边关，曾经见证过多少惨烈的厮杀，见证过多少生命的来去啊！一句"秦时明月汉时关"，让一种苍凉感扑面而来，唐朝将士的身影就这样被嵌进了壮阔的历史之中。

第一句写景，第二句该人了，"万里长征人未还"。如果说"秦时明月汉时关"是写时间的辽远，那么，"万里长征人未还"就是在写空间的广阔了。在明月之下，边关之上的征人，哪一个不是离家万里，无法回还？这"万里长征人未还"，仅仅指当时正在戍守边疆的唐朝战士吗？是，又不是。这未还的征人，不仅仅包含当时的戍卒，还包括秦汉以来，所有舍命沙场、埋骨边疆的将士。他们之中，有的是"万里长征人未还"，只能登上关楼，"举头望明月，低头思故乡"；还有的是"万里长征人不还"，他们已经化作关下的黄沙，再也不能回到故乡。"秦时明月汉时关"，眼中的景象是何等壮阔；"万里长征人未还"，心中的感喟又是何等深沉。

那么，为什么会有这一代代将士奔赴边关，乃至埋骨边关呢？下两句，诗人给出了一个回答："但使龙城飞将在，不教胡马度阴山。"阴山就是今天内蒙古自治区自西向东绵延的狼山、大青山等山脉，在古代是胡、汉之间的重要分界线。那什么是"龙城飞将"？有人认为指卫青，有人认为指李广。因为卫青曾经打到过匈奴的王庭所在地龙城，而李广则被匈奴人誉为"飞将军"，都是汉匈战争的英雄。单说龙城，自然是卫青；单说"飞将"，应该是李广。问题是，在这首诗里，"龙城""飞将"是放在一起的，所以还有人认为，"龙城飞将"是卫青和李广的合称。所谓"但使龙城飞将在"，就是只要有卫青和李广两个人在。对不对呢？这样理解并没有错，但还是太实了。其实，这个"龙城飞将"，固然用的是卫青和李广的事迹，但并不一定仅指卫青和李广，事实上，你若把它理解成古往今来，以卫青和李广为代表的那些能征善战的将军，马上意思就会通达起来。只要这些将军还在，一定不会让胡人的战马踏过阴山半步。

"但使龙城飞将在，不教胡马度阴山"这两句，既是议论，又是抒情，声调真雄壮，弦外之音也真微妙。为什么说它声调雄壮？因为通过这样一个豪迈的宣言，前面的问题也就解决了。为什么"万里长征人未还"？因为"不教胡马度阴山"。保家卫国，这是每一个热血男儿的天职。推而广之，从秦汉时期开始，一代代的军人抛妻别子，舍生忘死，不都是为了"不教胡马度阴山"吗？有了这"不教胡马度阴山"，所有的牺牲也就都有了意义，前面的苍凉恰恰衬托出后面的悲壮，所以说它声调雄壮。

那为什么又说它有微妙的弦外之音呢？因为"但使龙城飞将在"。中国古代一直主张守卫边疆，在德不在险，在将不在关。如果能有像卫青、李广那样有勇有谋的将军，能够一战破敌，让边尘不起，烽火自熄，又何苦让这么多士兵万里出征，眼望明月，不得团圆呢？高適《燕歌行》所谓"君不见沙场征战苦，至今犹忆李将军"，不也是这个道理吗？如果朝廷能选出更有为的将领，如果将领不再尸位素餐，而是"将军三箭定天山，壮士长歌入汉关"，那该多好啊！这样一来，这首诗在有意无意之间又有了微妙的感叹，显得格外耐人寻味。

一首七言绝句，把千年的历史、万里的烽烟、将士们舍生忘死的豪情，以及对明君良将的渴望融为一体，写得悲壮苍凉而又意味深长，所以，明朝的杨慎、李攀龙都认为，它才是唐朝七言的压卷之作。有人会说，可是王翰的《凉州词》，也被王世贞称为唐朝七绝的压卷之作。这是怎么回事呢？老话讲"文无第一"，或许，我们应该像王翰品评天下文人那样，不排第一名，只排第一等，才是最公道的做法。

王昌龄现存诗不到二百首，却号称"七绝圣手"，又称"诗家夫子王江宁"，可见其地位之高。但是，王昌龄在唐朝诗坛的重要性不仅仅在于七绝，更在于他对边塞诗的贡献。唐朝写过边塞诗的人很多，从数量和质量双重角度排名，前三位应该是王昌龄、岑参和高适。

在这三人之中，王昌龄年纪最大，写边塞诗也最早。开元十三年（725），王昌龄漫游西北边地，创作了大量边塞诗。这一年，岑参只有十一岁，而高适虽然年纪不小，却还没有开始边塞生活。可以说，盛唐时代的边塞诗，正是由王昌龄奠定的格局。而且，在这三个人之中，高适和岑参都以歌行见长，而王昌龄独善绝句。这首《出塞》正是其中最杰出的代表。

秋

一年四季，一季有一季的美。

有一首短诗，讲四季的景色："春水满四泽，夏云多奇峰。秋月扬明辉，冬岭秀寒松。"恰如四幅屏条，道尽了一年的好处。

在这四季之中，秋天的好处在夜、在月。夜是凉的，月是明的。这凉既不是热，也不是冷，是介乎冷热之间的温度，但是，它是朝着冷的方向去，所以自然带着一点儿清冷；这明既不是暗，也不是亮，是介乎暗和亮之间的光亮度，但是，它是属于夜间的光芒，因此也自然带着一点儿清冷。秋天，就是这样清冷冷的样子，不仅属于夜，属于月，还属于点点露水，朵朵菊花，行行雁影，让人不由得生出一份生命流逝的感伤。

屈原说："袅袅兮秋风，洞庭波兮木叶下。"曹丕说："秋风萧瑟天气凉，草木摇落露为霜。"到唐朝呢？李白说："人烟寒橘柚，秋色老梧桐。"杜甫说："无边落木萧萧下，不尽长江滚滚来。"古往今来，伤春悲秋，正是文人本色，也是文人情怀。

王维《山居秋暝》

  秋天的第一个节气是立秋。周代，周天子要亲自率领公卿到西郊迎秋。而到了宋朝，皇宫里则会把事先准备好的盆栽梧桐树移到殿内，等到立秋的时辰一到，太史便要大声启奏"秋来了"，而梧桐树的叶子也会应声而落，暗合"一叶落知天下秋"之意。悲秋固然是古人的常态，但是，立秋之日凉风至，暑热的天气已经持续了那么久，这一缕新凉，也会给人带来久违的清爽感，让人心都透亮起来，暗暗生出几许宁静，几许欢愉。下面我就跟大家分享一首最清新优美的秋日颂歌——王维的五律《山居秋暝》。

山居秋暝①

王维

空山②新雨后，天气晚来秋。

明月松间照，清泉石上流。

竹喧③归浣女④，莲动下渔舟。

随意春芳歇，王孙⑤自可留⑥。

---

① 暝（míng）：日落，天色将晚。

② 空山：空旷、空寂的山野。

③ 竹喧：竹林中笑语喧哗。喧：喧哗，这里指竹叶发出沙沙声响。

④ 浣（huàn）女：洗衣服的姑娘。浣：洗涤衣物。

⑤ 王孙：原指贵族子弟，后来也泛指隐居的人。

⑥ 留：居。此句反用淮南小山《招隐士》中的"王孙兮归来，山中兮不可久留"的意思，王孙实亦自指。反映出无可无不可的襟怀。

先说题目。"山居秋暝",四个字,也是四个元素。"山"就是山,不是海,不是村庄,也不是朝廷。"居"是住,不是周末爬山,也不是旅行经过山路,而是就住在山里。"秋"是秋天,不是溽暑的夏日,不是寒冷的冬天,而是"已凉天气未寒时"。"暝"是薄暮时分,不是白天,不是黑夜,而是白天和黑夜的相交之时,这边刚刚红日西垂,那边已经月上东山。这四个元素都要写到,怎么写呢?

先看首联:"空山新雨后,天气晚来秋。"这一联写初秋,真是恰如其分。大家都知道,在黄河流域,刚进入秋天的时候,天还相当热,人称"秋老虎"。但是,若下过一场雨,马上就会有丝丝凉意,所谓"一场秋雨一场寒",就是这个道理。而且,秋天的温差大了,白天虽然暑热依旧,但晚上却会有凉风渐生。这都是北方人最熟悉的季节特点,王维一联诗,全都表达了出来。但是,光有时令感还不够,更重要的是这一联内蕴的美感。

"空山"是空无一人的山吗?当然不是,最起码诗人就在山里。何况,后面还有浣女和渔舟。所谓"空山",不在阒无一人,而在于远离尘嚣。这样的山,原本就是王维的心头至爱。除了"空山新雨后,天气晚来秋",他还写过"空山不见人,但闻人语响",那是隐士之山;写过"峡里谁知有人事,世中遥望空云山"，那是神仙之山。这就是"空山"自带的禅意。那"新雨"呢？所谓"新雨"，就是刚刚下过的雨。"空山"本来就是世外桃源了，再加上"新雨"涤荡，更加空明澄澈。那再加上"晚"和"秋"两个元素呢？相对于白天的热闹，傍晚有幽静之美；相对于春夏的缤纷，秋天有简净之美。在一年的这个时节，在一天的这个时段，在一座远离尘世的空山中，在一场涤荡万物的新雨之后，诗人的内心和空气一样透明，和空山一样宁静。在这样的心境下，他举目望去，会看到什么？

看颔联："明月松间照，清泉石上流。"月下松林、石上清流，这是一幅多么美丽，又多么高洁的图画啊！高洁在哪里呢？明月不是熠熠生辉的太阳，松树也不是招蜂引蝶的桃李。但是，当白天过去，夜晚来临的时候，月亮会洒下清辉；当春夏过去，红消翠减的时候，松树还青翠如盖。"明月松间照"，这多像两个与世无争而自有品格的君子啊！那清泉石上流呢？泉水是清澈见底的，它不在泥土中穿行，而是淙淙流泻于山石之上，那山石被泉水冲刷，自然也是一尘不染的。所以"明月松间照"，是高洁映照着高洁；而"清泉石上流"，则是清洁呼应着清洁。这是在写景吗？当然是的，而且写得层次分明：高处的月亮，中间的松林，底下的山石和清泉，都那么清净绝伦，

空山新雨后，天气晚来秋。

超凡脱俗。但是，它又不仅仅是在写景色，因为中国自《离骚》开始，就有以香草美人比附仁人志士的传统，司马迁的《史记》评价屈原："其志洁""故其称物芳"，这月下青松、石上清泉，不也正是王维的精神追求和人格写照吗？

律诗讲究起承转合。首联起，写整个秋山；颔联承，写具体景致；那接下来是颈联，该转了。从风景转到人，也由静转到动了，"竹喧归浣女，莲动下渔舟"。竹林深处，传来一阵欢声笑语，那是洗衣服的姑娘们回来了；田田的莲叶，忽然向两边分开，原来是捕鱼的小船正顺流而下。这真是至善至美的渔家生活写照啊！从陶渊明的《桃花源记》开始，一代代的文人都在书写着他们心中的世外桃源。这桃花源中，不仅要有芳草鲜美，落英缤纷，更要有黄发垂髫，怡然自乐。

天人合一，是中国人推崇的理想社会。这观念并不新鲜，但难得的是，诗人把它写得如此漂亮。我们刚说，这一联是写人的，可是，人正面出现了吗？没有。那浣纱的女子，还藏在竹林里，我们能听到的，只有她们的笑声；那打鱼的渔父，还藏在荷塘里，我们能看见的，只有荷叶的摇动。整幅画面里并没有人，但是，又充满了人的气息、人的欢乐，这是何等含蓄，何等空灵啊！

山里的明月、清溪是清净高洁的，山里的浣女、渔父是淳朴快乐的，山的品格和诗人的品格相互呼应，让诗人找到了自己的精神归宿。这样一来，尾联也就顺理成章了："随意春芳歇，王孙自可留。"《招隐士》说，"王孙游兮不归，春草生兮萋萋"，又说，"王孙兮归来，山中兮不可久留"。王维是把这两句诗放在一起，然后反其道而行之。

　　《招隐士》不是说，"王孙不归，春草萋萋"吗？李白最崇拜的诗人谢朓（tiǎo）还根据这个主题写过一首小诗，叫《王孙游》。

王孙游

谢朓

绿草蔓如丝，杂树红英发。

无论君不归，君归芳已歇。

　　仿佛春花一落，春芳一歇，所有的美都不复存在了。可是，王维却说"随意春芳歇"，山中秋色如此迷人，那么，春芳消歇又算得了什么呢？《招隐士》不是还说山中不可久留吗？仿佛山中不足以容纳贤才，隐士必须出山效力。可是，王维却说"王孙自可留"。既然山中的生活才是诗人真正赞叹，也真正向往的，那么，为什么不可以留下来呢？杜甫说过，"在山泉水清，出山泉水浊"。九重宫阙也罢，万丈红尘也罢，都有喧嚣污浊的一面，世俗所谓的功名利禄，是荣耀，又何尝不是束缚！深陷其中，谁能保证自己的清白呢？王维素有禅心，早已淡泊名利，既然如此，何不归隐山中，享受这难得的山居秋暝呢？这就是"随意春芳歇，王孙自可留"。

通篇看下来，这首诗写得如诗如画，自然之美、人格之美与社会风情之美高度统一，让读诗的人都和王维一起产生了出尘之想，这就是王维作为"诗佛"的魅力吧。

杜牧《七夕》

立秋之后是处暑，处暑一过，北方就没有真正意义上的热天了。金风送爽，瓜果飘香，正是一年之中最舒服也最丰饶的时候。这个时候，一个美丽的节日也如期而至。七夕节，又叫"乞巧节"，是古代中国的"女儿节"，在唐宋时期，这也是一个隆重的节日。这个节日的诗也很多，我来跟大家分享一首杜牧的《七夕》。

七夕

杜牧

银烛秋光冷画屏^①，轻罗^②小扇扑流萤^③。

天阶^④夜色凉如水，坐看牵牛织女星。

---

① 画屏：画有图案的屏风。

② 轻罗：柔软的丝织品。

③ 流萤：飞动的萤火虫。

④ 天阶：露天的石阶。

这首诗的题目是《七夕》，就是农历的七月初七，在我国也是一个非常有趣的民间节日，叫七夕节。这个节日来源于七月初七牛郎织女鹊桥相会的民间传说，所以，最近几年，有商家宣传说这就是中国的情人节。是不是呢？我个人不同意。因为如果是情人节，必须是一对有情人共同参与的节日吧？比方说，之前提到的正月十五元宵节，那就有点儿情人节的意味，因为这一天晚上不宵禁，大家都出来赏灯，青年男女也可以借这个机会见面，这就是所谓的"月上柳梢头，人约黄昏后"。

但七夕不一样，七夕是专门属于女性，特别是女孩子的节日。公开的活动，就是女孩子们对着月亮穿针引线，向织女乞巧，所以七夕节又叫"乞巧节"。唐朝有个小神童叫林杰，写过一首《乞巧》诗："七夕今宵望碧霄，牵牛织女渡河桥。家家乞巧望秋月，穿尽红丝几万条。"这才是七夕节的正解，如今这首诗也被选进了小学生的课本。这个活动根本没有男孩子参加，也不允许男孩子参加，所以说它是中国的女儿节，还差不多。

既然如此，为什么人们又觉得它和爱情相关呢？因为牛郎织女，是人们心中的一对佳偶。中国古代男耕女织，牛郎织女就是这种生活方式的形象代言人，他们本本分分，苦心经营着自己的小家庭，却免不了受外界打压，经历种种的磨难。这不就是普通老百姓经常体会到的生活困境吗？更重要的是，尽管他们遭遇不幸，被迫分离，一年只能相见一次，却还是彼此守望，彼此忠诚，这就是"两情若是久长时，又岂在朝朝暮暮"。这样坚贞的爱情，当然会让古人，特别是在婚姻之中处于弱势的女孩子羡慕。所以七夕节公开的活动是乞巧，但背后，女孩子们也都在偷偷地祈求爱情。什么样的爱情呢？"七月七日长生殿，夜半无人私语时。在天愿作比翼鸟，在地愿为连理枝。"这样的祈祷，谁都希望它实现，但是，生活又往往不能处处尽如人意。我们今天讲的这首《七夕》，其实是一首七夕梦想幻灭的诗。怎么写的呢？

先看第一句，"银烛秋光冷画屏"。所谓银烛，就是白色的蜡烛；而画屏，则是画着图案的屏风。秋夜之中，银烛高照，摇曳的烛光，让屏风上的图画都显得幽冷。这句诗写得真好。好在哪儿呢？本来，银烛和画屏都是美的、华丽的，象征着富贵人家精致而奢侈的生活。但是，诗人加了一个名词"秋光"和一个形容词用作动词的"冷"，一下子，感觉就变了。因为秋天本来就是凉的，银烛象征着黑夜的到来，而秋夜还要更凉些。秋属阴，夜又属阴，银烛的银色还属阴，全是阴性的、冷色调的，这样的冷色调和画屏华丽的暖色调撞色，会产生一种奇妙的违和感，这就是所谓繁华背后的冷落凄凉吧。这句诗一出来，整首诗的基调也就奠定了。

就在这样既华美又幽冷的氛围中，主人公登场了，"轻罗小扇扑流萤"。这是场景从室内转到了室外。一个美人儿，从画屏后走了出来，正拿着轻罗小扇扑打着飞来飞去的萤火虫。想想看，这场景多美，中国古代有用美人的服饰来代指美人的传统，比如《孔雀东南飞》里的刘兰芝，是"足下蹑丝履，头上玳瑁光。腰若流纨素，耳著明月珰（dāng）"。华美的服饰，本身就是美人的外在象征。这首诗的美人，既然拿着轻罗小扇，应该本身也像轻罗小扇一样轻盈俏丽吧？而扑流萤又是那么可爱的动作，那么富有女性气息，像是夜间版的宝钗扑蝶。可是，仔细想想，这句诗真的只是美吗？还有深深的寂寞吧？因为轻罗小扇和流萤都太有象征意义了。

扇子本来是夏天纳凉用的，此刻已经七夕，秋风凉了，怎么还会出现扇子呢？秋扇见捐，是中国古代文学中一个最常见的意象。当年，汉成帝的班婕妤失宠后，曾经自比秋扇，写了一首《怨歌行》："新裂齐纨素，皎洁如霜雪。裁为合欢扇，团团似明月。出入君怀袖，动摇微风发。常恐秋节至，凉飙（biāo）夺炎热。弃捐箧笥中，恩情中道绝。"从此之后，秋扇见捐，也成为美人失宠的代名词。

那流萤又是怎么回事呢？流萤意味着荒凉，意味着人迹罕至。古人一直以为萤火虫是腐草所化，这当然不科学。我们如今都知道，萤火虫之所以容易出现在荒郊野外杂草丛生的地方，是因为它害怕光。但是，就算古人不懂光污染，他们至少也看到了一个事实，人少的地方，萤火虫才多。如今，这萤火虫居然飞到了美人面前，意味着美人这里，一定是"门前冷落车马稀"。比如刘禹锡《乌衣巷》的第一句，"朱雀桥边野草花"，一句话就透露出朱雀桥的冷落，因为如果桥上车马簇簇，肯定不会长闲花野草。同样，一句"轻罗小扇扑流萤"，也透露出美人深深的失意，她的画堂，已经好久无人来访，她就像秋天的轻罗小扇一样，早已被人抛弃。她挥动着轻罗小扇扑打流萤，本来是静极思动，要打发走这寂寞的时光，可是，她越是动，越凸显出这地方的寂静；同样，这场景越是美，也越凸显出主人公内心的凄凉。

扑着扑着，美人累了，坐了下来。于是，也就引出了后两句："天阶夜色凉如水，坐看牵牛织女星。"天阶，是指皇宫里的台阶。到这里，真相大白。原来，女主人公是一位宫娥，怪不得她身处的环境那么华丽，而她本人又是那么寂寞。她坐在宫殿的台阶上，夜越来越深，天越来越凉，她不想回屋，因为屋子里是"银烛秋光冷画屏"，她原本就是受不了那一份清冷才出来的；可是，外面同样冷，如果说秋夜像水一样凉，那么，皇帝的恩情就像冰一样冷吧。

正是在这样凄清的环境里，在这样凄凉的心境下，宫娥抬起头来，久久地望着天上的牵牛织女星。深宫寂寞，本来对时间并不敏感。可这是七夕呀，牵牛织女相会的日子，想来，这宫娥还是小姑娘的时候，应该也乞过巧，也暗暗期待过爱情吧。如今再过七夕，怎能不让她心生感慨。牵牛织女远隔天河，还能一年相会一次，而她和皇帝却是咫尺天涯。这样看来，倒是牛郎织女更值得羡慕。这里有没有哀怨？有吧。有没有期盼？也有吧。可是，诗人却什么都没说，一腔心事，尽在这"坐看牵牛织女星"七字之中。这就叫含蓄蕴藉，意在言外，像一颗青橄榄，越嚼越有味道。

这首诗让我们不由得想起了李白的《玉阶怨》："玉阶生白露，夜久侵罗袜。却下水晶帘，玲珑望秋月。"两首都是宫怨诗，时间都是秋夜，场景都是露天台阶，动作都是望天。所不同的是，李白的诗玲珑剔透，真如水晶心肝玻璃人；而杜牧的诗则是以丽写哀，是着色美女。无论哪一首，都当得起"清丽隽永，妩媚风流"这八个字。如果一定要比，到底哪个更好呢？个人觉得，还是李白的更好。因为李白结束在了"玲珑望秋月"上，秋月是非特定意象，它的象征意义更丰富，涵盖的情感也更广泛。你可以理解为宫娥望幸，也可以引申为一个人对于理想、对于爱情、对于一切美好事物和美好情感的追求，真是千人千解，耐人寻味；而杜牧结束在了"坐看牵牛织女星"上，牵牛织女是特定意象，它的象征意义更明确，涵盖的情感相对窄些，你只能理解为对爱情的追求，因此就没有那么高、那么飘。但是，话又说回来，毕竟这首诗的题目就是《七夕》，爱情的坚贞，婚姻的忠诚，不也是人类社会从古到今一个永恒的话题吗？

在古代，宫廷里过七夕最热闹，又是张灯结彩，又是山盟海誓。但宫廷里的感情却又最稀薄，即使得宠如杨贵妃，最后也不免"宛转蛾眉马前死"的命运，这真是一个莫大的讽刺。相比之下，每天为柴米油盐操心的贫贱夫妻可能没有"七月七日长生殿"那么浪漫，但却更容易心意相通，至死不渝。这也就是人们常说的"平平淡淡才是真"吧。

离离暑云散，袅袅凉风起。

杜甫《月夜忆舍弟》

　　七夕之后，就到了白露。俗话说"白露秋风夜，一夜凉一夜"。夜凉了，露水才会凝结，所以露水也就成了秋夜的标配。秋属金，金色白，所以秋露又称白露，并不仅仅因为露水色白而已。凉风至，白露降，寒蝉鸣。到了白露，秋意浓了，秋天的感觉也深了，天上的大雁，开始成阵南飞，地上的游子呢？身逢此时此刻，面对此情此景，又会引逗出怎样的情思，写下怎样的诗篇？跟大家分享一首属于白露的诗，杜甫的《月夜忆舍弟》。

月夜忆舍弟①

杜甫

戍鼓②断人行③，边秋④一雁⑤声。

露从今夜白，月是故乡明。

有弟皆分散⑥，无家问死生。

寄书长不达，况乃⑦未休兵⑧。

---

① 舍弟：家弟。

② 戍鼓：戍楼上用以报时或告警的鼓声。

③ 断人行：指鼓声响起后，就开始宵禁。

④ 边秋：一作"秋边"，秋天边远的地方，此指秦州。

⑤ 一雁：孤雁。古人以雁行比喻兄弟，一雁，比喻兄弟分散。

⑥ 分散：一作"羁旅"。

⑦ 况乃：何况是。

⑧ 未休兵：战争还没有结束，作者写此诗时叛将史思明正与唐将李光弼激战。

唐代的大诗人，写人情最好的，首推杜甫。李白是谪仙人，不大容易看到别人，即使看到了，也往往是围着他转的、为他服务的人。比如看到汪伦，那是因为"桃花潭水深千尺，不及汪伦送我情"；看到蜀僧濬，是因为"为我一挥手，如听万壑松"；看到荀媪，那是因为"跪进雕胡饭，月光明素盘"。或者再有，就是一些意象化的人，比如"却下水晶帘，玲珑望秋月"的宫娥，"幽州思妇十二月，停歌罢笑双蛾摧"的思妇，等等。

杜甫不一样，杜甫是一个真正的儒家，儒家关注人伦，先要建立一个父慈子孝、兄友弟恭、夫义妇顺的模范家庭，再推己及人，建立一个"老吾老以及人之老，幼吾幼以及人之幼"的良好社会。这样的人伦关系，对他来说既是理想，也是实实在在的人生实践，所以写得特别赤诚。比如写妻子，是"香雾云鬟湿，清辉玉臂寒"，把四五十岁的老妻描述得那么美，真是好丈夫；写孩子，是"布衾多年冷似铁，娇儿恶卧踏里裂"，对调皮捣蛋的熊孩子那么疼爱，也真是好爸爸。写兄弟呢？就是今天我要跟大家分享的这首《月夜忆舍弟》。怎么写的呢？

先看首联："戍鼓断人行，边秋一雁声。"说是月夜忆舍弟，但是，一上来，既没有月亮，也没有弟弟。有的是一个战乱年代，荒凉冷落的大背景，"戍鼓断人行，边秋一雁声"。寻常时

露从今夜白，月是故乡明。

候，老百姓经常听到的是街鼓，谁会听到戍鼓呢！可是，这不是平常岁月，杜甫这首诗写于759年，正值安史之乱，杜甫逃难到了秦州，也就是今天的甘肃天水。秦州是一座边城，戍楼上鼓声响起，宣告宵禁的开始。戍鼓一响，行人断绝，四周一片荒凉，这就是"戍鼓断人行"，写的地上的场景。

正在这个时候，一只孤雁从天上飞过，传来一声哀鸣。大家都知道，大雁是候鸟，时值秋日，北雁南飞，本来是自然规律。问题是，大雁迁徙，从来都是结伴成行，但这只雁却不知为何掉了队，孤飞至此，这才发出哀鸣。这就是"边秋一雁声"，写的天上的场景。一联诗，前一句写地下，是看到的；后一句写天上，是听到的。无论是天上还是地下，是看到还是听到，都那么冷落凄惶，把秋夜边塞的气氛渲染到了十分。这一联的作用仅仅是渲染气氛吗？并不是。这一联诗，虽然诗面上就是写景，没出现弟弟，但其实已经给诗题中的"忆舍弟"打了一个伏笔。因为雁行有序，所以古代也常常用雁行或者雁序来代指兄弟。现在，看到大雁离群孤飞，怎能不引发诗人兄弟分散，漂泊无依的感伤呢？

首联写荒凉冷落的大背景，顺便给忆舍弟打伏笔，颔联该写月夜了。"露从今夜白，月是故乡明。"前一联写行人、写孤雁，都比较实，这一联，一下子进入了一种空灵的意境。露白月明，多美啊。只是美吗？当然不是。这一联不仅美，而且有情。情在哪儿呢？这一联的写法，正是《红楼梦》里香菱学诗时说出的那句话："诗的好处，有似乎无理的，想去竟是有理有情的。"要说无理，这一联是真无理吧？所谓"露从今夜白"，其实是说，今夜是白露。白露是一个节气，从此之后，天气转凉，露水凝结。

露水本身晶莹剔透，可以称为"白露"，而古人又以四时配五行，秋天属金，而金色白，所以秋天的露水又称为白露。换句话说，露水本来就白，秋露更是可笼统地称之为白露，根本谈不上"露从今夜白"。如此说来，"露从今夜白"岂不是无理？那再看下一句，"月是故乡明"，就更无理了。所谓"海上生明月，天涯共此时"。普天之下，看到的都是同一个月亮，古代又没有雾霾的困扰，怎么会"月是故乡明"呢？这当然无理。可是，你用心去体味，就会发现，这两句诗，其实是最有理的。

为什么？因为它写的不是景，而是情。本来，时序交替之际，也正是愁人断肠之时。白露到了，天更凉了，游子的心也更凄惶，带着这样的心情看露水，都会觉得刺眼，这才是"露从今夜白"。可是露水固然白，月亮却仿佛黯淡无光，哪里有故乡的月亮那样皎洁，那样明亮。故乡的月亮为什么格外亮？不是月亮偏爱故乡，而是因为故乡意味着团圆，意味着欢乐。人在欢乐的时候，看什么都格外美，这才是"月是故乡明"。仔细想想，这句诗哪里是杜甫一个人的感受，这是千百年来，千百万游子的共同感受，它那么无理，却又那么有情，才能那么打动人心。

这正是王国维说的"一切景语皆情语"，也就是香菱所谓"似乎无理的，想去竟是有理有情的"。美是一个好处，情是一个好处，还有其他好处吗？就是结构的巧。本来，这一联诗的意思无非是今夜露更白，故乡月尤明。可是，如果这样写，是多么平淡啊！诗人怎么处理呢？他把诗中的两个亮点——露和月提出来，做主语，再加上判断词，就成了"露从今夜白，月是故乡明"。有没有人觉得，这一联写得很霸道？没错，确实是霸道，笔力霸道，情感也霸道。可是，就是这精准的霸道，一下子让这联诗矫健起来，写得龙骧虎步，有灵气，也有生气。我们讲诗，经常会讲炼字，比如"僧敲月下门"还是"僧推月下门"，一推一敲，这是炼字的典范。而"露从今夜白，月是故乡明"呢？它炼的不是哪一个字，而是整个句子结构，结构一变，诗就活了，这才是更高程度的推敲。

首联和颔联都是写景，颈联该转了。转到哪里呢？转到抒情了。"有弟皆分散，无家问死生。"本来，望月思乡、望月怀远都是人生常态，诗人也自然而然地从首联的孤雁，颔联的明月转到了对兄弟的思念。杜甫有四个兄弟，此时此刻，他们在哪里呢？我们不知道，杜甫也不知道。我们知道的是，杜甫的老家在河南巩县，那也正是受安史之乱破坏最严重的地方。大难临头，兄弟们风流云散，家园被毁，想要问问每个人的死生状况，都无处可问。这是何等焦虑、何等伤痛啊！

　　看到这一联，有没有人想到过白居易的《望月有感》？"田园寥落干戈后，骨肉流离道路中。吊影分为千里雁，辞根散作九秋蓬。"同样是兵荒马乱，同样是田园荒芜，同样是兄弟五人，同样是骨肉飘零，写得都那么情真意切。区别在哪里？白居易的兄弟们，虽然离散了，但至少都有下落，所以，他们还能"共看明月应垂泪，一夜乡心五处同"。而杜甫的兄弟们，甚至不知是死是活，这不是更大的伤痛吗？我们经常说杜甫的诗是"诗史"，将民生疾苦，化作笔底波澜。其实，不用看世代传诵的"三吏""三别"，单看这"有弟皆分散，无家问死生"，我们也能感受到那个时代的乱离与忧伤了。

　　景也写到了，人也写到了，月夜也写到了，忆舍弟也写到了，怎么结尾呢？看尾联："寄书长不达，况乃未休兵。"弟弟们没有下落，做哥哥的当然牵挂。诗人多么希望能够打听到他们的消息，能够互通音信，彼此报个平安。可是，山遥路远，即便在平时，写信也常常收不到，何况是现在这样兵荒马乱的时候。心不能放下，信也无从发出，就是这样牵肠挂肚，就是这样无计可施。这是多么沉痛的心情啊，可是，诗人没有狂呼乱叫，没有痛哭流涕，就用一联"寄书长不达，况乃未休兵"收尾，和首联的"戍鼓断人行，边秋一雁声"遥相呼应，写得深沉感慨，却又波澜不惊。这就是我们一直强调的含蓄蕴藉，淡语深情。

唐玄宗《经邹鲁祭孔子而叹之》

在古代，属于秋天的节日有七夕，有中秋，还有重阳。但在今天，秋天又多了一个节日——教师节。

中国自古就有尊师重教的传统。古代的人家，中堂都供奉着一个神位，上书"天地君亲师"五个字，常年祭祀。

为什么是这五个字呢？按照荀子的说法，"天地者，生之本也；先祖者，类之本也；君师者，治之本也。无天地恶生，无先祖恶出，无君师恶治，三者偏亡，则无安人"。通俗点儿说，就是天生我，地载我，君管我，亲养我，师教我，一个也不能少。把老师和君主并列，和天地并尊，可见对师者的尊重程度。

而在所有的老师中，孔子是头一个。

当年孔子有教无类，才有了春秋战国时期英才辈出的局面。所以，孔子也被后世称为"万世师表"，不仅民间爱戴，官方也一直敬重有加，从汉朝开始，对孔子的祭祀持续不断，成为"国之大典"。这个传统延续下来，也就有了如今9月10日的教师节。

既然如此，在教师节来临之际，我就跟大家分享一首献给至圣先师孔子的诗，也是《唐诗三百首》中唯一的一篇皇帝的诗作——唐玄宗李隆基的《经邹鲁祭孔子而叹之》。

经邹鲁^①祭孔子而叹之

唐玄宗

夫子^②何为者，栖栖^③一代中。

地犹鄹^④氏邑，宅即鲁王宫。

叹凤嗟身否^⑤，伤麟怨道穷。

今看两楹奠^⑥，当与梦时同。

---

① 鲁：今山东曲阜，为春秋时鲁国都城。

② 夫子：这里是对孔子的敬称。

③ 栖栖：忙碌不安的样子，形容孔子四方奔走，无处安身。

④ 鄹（zōu）氏邑：鄹人的城邑。鄹：春秋时鲁地，在今山东曲阜市东南。孔子父叔梁纥曾为鄹邑大夫，孔子出生于此，后迁曲阜。

⑤ 身否（pǐ）：生不逢时之意。否：不通畅，不幸。

⑥ 两楹奠：指人死后灵柩停放于两楹之间。

与我们之前讲过的其他诗相比，这首诗格外不同寻常。不同寻常在哪儿呢？孔子是中国的万世师表，而唐玄宗则是当朝皇帝。君和师碰到了一起，或者说，一个现实的政治领袖给一个千百年来的精神领袖写诗，该怎么写呢？

先看题目《经邹鲁祭孔子而叹之》。邹鲁是地点，孔子是人物，叹之是心情。毫无疑问，诗作应该围绕这三个事情展开。问题是，唐玄宗是皇帝，正常的活动范围应该是西京长安和东都洛阳，他去邹鲁干什么？这其实是唐玄宗开元十三年（725）封禅泰山的一个"副产品"。那时，"开元盛世"已经初见成果，国泰民安，唐玄宗东封泰山，告成于天，所以从长安到了山东。封禅之后，又到曲阜，去祭祀孔子。可能有人会说，这么说来，唐玄宗其实只是顺便去了一趟曲阜？那又不尽然。

推崇儒学，尊奉孔子也是唐玄宗的重要文化战略。开元十年（722），他亲自注释《孝经》，颁行天下。开元十三年（725），借封禅之便，到曲阜祭祀孔子。开元二十七年（739），唐玄宗追封孔子为文宣王，这也是孔子在中国历史上第一次被封王。这三个举措环环相扣，可以看出唐玄宗的文化取向。要知道，唐朝皇帝原本尊崇道教，到武则天又推崇佛教，但是到了唐玄宗时期，他却把儒家摆到了最突出的位置。因为儒家推崇的家国同构、子孝臣忠的伦理原则对于政治和社会治理更具有积极价值。唐玄宗作为一代明君，对这个问题的认识非常清醒。所以他祭祀孔子，绝不是兴之所至，而是深思熟虑的结果。既然如此，他该怎么表达自己对孔子的心意呢？

先看首联："夫子何为者，栖栖一代中。"孔夫子，你到底要干什么呢？一生都要这样四处奔走，不得安宁？这一联，起得真是出人意料。因为我们现在给伟人写祭文，通常都是歌功颂德，大量使用肯定句。比如说孔子，一定是伟大的思想家、伟大的教育家等，好像我们是如此理解他。但事实上，圣人之所以成为圣人，恰恰是因为他的所作所为，超出我们一般人的经验范围。一般人不都贪图安逸吗？怎么孔夫子会甘愿一辈子都奔波劳碌呢？

这个问题，其实又不是唐玄宗一个人的问题，而是用《论语·宪问》里的一个典故。当年，孔子周游列国的时候，有一个叫微生亩的人就问过他："丘，何为是栖栖者与？无乃为佞乎？"孔丘啊，你为什么要这样四处奔波、四处游说呀，是不是要表现你的口才呀？孔子回答说："非敢为佞也，疾固也。"我不是要逞口舌之利，我就是怎么也改不了这个想要教化世人的毛病。知道了这个典故，我们再来看唐玄宗这一联，就更有意思了。一方面，他要祭祀孔子，自然要思考孔子的一生，所以才发出这千古一问：你到底是为了什么才奔走不已？另一方面，他也暗示了孔夫子当年的回答：我不为了什么，我只是改不了自己这好为人师，渴望改变天下的毛病。这真的是毛病吗？当然不是，就算是毛病，也是一个伟大的毛病。

首联提出祭孔子这个主题，引发思考，颔联怎么接呢？"地犹鄹氏邑，宅即鲁王宫。"这是呼应题目中的"经邹鲁"，也是从神游转为现实。他带着"夫子何为者"的疑问走向邹鲁大地，到了孔子的家乡、孔子的旧宅，他又看到了什么呢？"地犹鄹氏邑"是说，当年，孔子的父亲叔梁纥曾经做过鄹邑大夫，千载之后，这个地方还是鄹县的城邑，孔子的家乡风光宛然。

那孔子的旧宅呢？"宅即鲁王宫"。这又是一个典故。根据孔安国《尚书序》记载："鲁恭王坏孔子旧宅，以广其居，升堂闻金石丝竹之声，乃不坏宅。"孔子的故居，后来成了西汉鲁恭王的地盘，鲁恭王排场大，要扩建自己的宅邸，觉得孔府旧居碍事，就要拆除。古文《尚书》就是这样被发现的。可是，当他们进入堂屋的时候，却仿佛听到了奏乐的声音。

鲁恭王觉得这座宅子里有神灵，于是赶紧停工。这其实是说，孔子的旧宅容貌依旧。这两句诗合在一起什么意思呢？家乡风光宛然也罢，旧宅容貌依旧也罢，不都是因为孔子的威灵、孔子的庇佑吗？

孔子生前奔波劳碌，身后却能受千年景仰，一个否定，一个肯定，这是一个顿挫。接着该是颈联了。颈联该转，转到什么方向呢？从孔子的生平转到孔子的功业上了。怎么转的呢？"叹凤嗟身否，伤麟怨道穷。"这又是用典。所谓叹凤，用的是《论语·子罕》的记载，孔子当年叹息说："凤鸟不至，河不出图，吾已矣夫！"什么意思呢？中国古人认为，凤凰是祥瑞，是圣王出世的象征，但孔子生在乱世，看不到凤凰出世，所以感叹自己生不逢时。那什么又是"伤麟"呢？麒麟在古代是瑞兽，也是太平之兆。但是，鲁哀公十四年（前481），一只麒麟出现在鲁国，鲁国的王公大臣打猎，居然把它打死了。

孔子听到这个消息，号啕大哭说："吾道穷矣！"我的理想实现不了了！孔子为什么如此伤感啊？太平无兆也就罢了，此刻明明是太平的瑞兆出现了，却又被人打死，这不就是太平无望了吗？引申开来，如果人们根本就不知道仁义也就罢了，可是，明明孔子一直在推行仁义，却处处碰壁，诸侯王只知道穷兵黩武，离仁义越来越远。这样看来，自己和那只不该出现却偏偏出现，不该被打死却偏偏被打死的麒麟有什么区别呢？这才是孔子真正感慨的"吾道穷矣"!

这样两句诗合在一起是什么意思呢?这是两个层面,两种境界的伤感。前一句"叹凤嗟身否",是说孔子叹息自己生不逢时;而后一句"伤麟怨道穷"则是孔子伤感自己的努力没有结果。既不能生在好时代,又不能建立一个好时代,还有什么比这更令人感叹的呢?诗题不是《经邹鲁祭孔子而叹之》吗?这一联一连用了四个感叹词,叹、嗟、伤、怨,写得好不好?从诗的角度讲不好,清朝大学者纪晓岚说:"五六句叹嗟伤怨,用字重复,虽初体常有之,然不可为训。"

但是,我们不是一直举《红楼梦》香菱学诗的例子吗?林黛玉对香菱说过一个最重要的原则:"词句究竟还是末事,第一立意要紧。若意趣真了,连词句不用修饰,自是好的,这叫作'不以词害意'。"叹嗟伤怨,从诗的角度讲也许涉嫌重复,但是,它却把唐玄宗对孔子的无限感叹表露无遗,孔子的一生,真是要什么没什么,求什么得不到什么呀!这岂不是又一个否定?首联说,"夫子何为者,栖栖一代中",这是对他生活的否定。颈联说,"叹凤嗟身否,伤麟怨道穷",这是对他功业的否定。可是,首联的否定,被颔联"地犹鄹氏邑,宅即鲁王宫"挽回了,那颈联的否定,是不是也要挽回呢?

最后看尾联："今看两楹奠，当与梦时同。"所谓两楹奠，又是一个典故。出自《礼记·檀弓》，孔子对弟子子贡说，夏人死后，殡于东阶之上，周人死后，殡于西阶之上。殷人死后，殡于两楹之间，也就是屋子正厅的两个柱子之间。我是殷人的后裔呀，昨天梦到自己坐在两楹之间接受人们给我的饭食，岂不是意味着我要死去了。

那么，唐玄宗用这个典故干什么呢？这既是点题，也是对全诗的总结。诗题不是《经邹鲁祭孔子而叹之》吗？既然祭祀，就要膜拜。在膜拜的时候，看到两楹之间孔子的画像，唐玄宗不由得发出感慨，虽然你终生坎坷，但是，如今你的画像被供奉在堂前两楹间，接受后人永久的顶礼祭奠，正如同你生前梦境中所见的一样，想必你也该稍感慰藉了吧。

这仍然是一个否定之后的肯定。你当年未能实现的理想，如今终于实现了，你也因此而永远受到人们的景仰。遗爱人间，香火不绝，这不是对孔夫子最大的肯定吗？这是一层意思。但这还不够，还有一层意思：当年，你周游列国，处处碰壁；如今，我作为皇帝，却来祭祀你，我继承了你仁义的理想，也打造了你希望看到的太平局面。这不也是唐玄宗对自己、对"开元盛世"的微妙赞颂吗？把诗结束在这里，真是余音袅袅，而又意味深长。

我们开始就说，《经邹鲁祭孔子而叹之》是《唐诗三百首》中唯一的一首皇帝诗。这首诗能够入选，绝不是因为蘅塘退士要巴结唐玄宗，而是因为它写得确实好。好在哪里？

第一，它典雅，几乎句句用典。不是任何一首诗都必须用典，但这是一首皇帝写给至圣先师的诗，在这种场合下，用典凸显文治，符合皇帝身份，也符合孔子身份。

第二，也是更重要的，它的价值观好。什么价值观呢？理想主义，而不是功利主义。唐玄宗祭祀孔子，有没有讲孔子的功业？没讲。他没讲孔子删定六经的文化功劳，没讲孔子游说诸侯的政治功劳，也没讲孔子有教无类的教育功劳。相反，他一直强调，孔子的理想都没有实现。

但是，尽管如此，孔子还是要"栖栖一代中"，还是要奔走呼号，这种虽九死而不悔的精神，才是最伟大的精神，也是孔子的理想终究能实现的最重要原因。从这个角度讲，唐玄宗的立意真的是高，高出了他同时代的大多数人，同样也高出了我们今天的大多数人。

秋分客尚在，竹露夕微微。

王建《十五夜望月寄杜郎中》

　　一年有四季，中国传统四大节日，清明、端午、中秋、春节，各占了一个季节。中国是一个诗国，每个节日都有属于自己的诗。在这四大节日之中，我们已经讲过清明节的"春城无处不飞花，寒食东风御柳斜"，讲过端午节的"屈平辞赋悬日月，楚王台榭空山丘"，这一篇要讲的，是中秋节的名篇，中唐诗人王建的七绝——《十五夜望月寄杜郎中》。

十五夜望月寄杜郎中

王建

中庭^①地白^②树栖鸦，冷露^③无声湿桂花。

今夜月明人尽望，不知秋思^④落谁家。

---

① 中庭：庭中，庭院中。

② 地白：指月光照在庭院的样子。

③ 冷露：秋天的露水。

④ 秋思：秋天的情思，这里指怀人的思绪。

先说题目。"十五夜"，当然是指八月十五中秋节，这是写诗的时间，也是写诗的由头。"望月"，是动作，也是中秋节的经典情境，经典意象。"寄杜郎中"，一般认为是写给诗人的好友杜元颖，这是这首诗的投赠对象，也是这首诗的情感凝聚点。在中秋节这样一个象征着团圆的节日，望着天上的一轮圆月，给远方的好朋友杜郎中写一首诗，该怎么写呢？

看第一句，"中庭地白树栖鸦"，这是景物描写。什么景物呢？中秋月色。可能有人会不理解，这句诗哪里有月？当然有。"地白"就是月色呀。李白《静夜思》讲："床前明月光，疑是地上霜。""地白"不就是"地上霜"吗？已经是晚上了，为什么地上会这么白，仿佛蒙上了一层白霜？不就是因为天上一轮圆月，洒下万里清辉吗？"地白"两个字一出来，一种既素洁，又清冷的感觉已经扑面而来了吧？这就是月光给人的感觉。

其实，不光地白是讲月色，树栖鸦还是讲月色。地白是看到的，树栖鸦却有听觉的成分。本来，到了晚上，倦鸟归巢，人不大容易看见树上的乌鸦。但是，如果月亮特别亮，乌鸦也好，其他的鸟类也好，就会误把月明当作天亮，叫起来，或者飞起来，让人感知到它的存在。王维《鸟鸣涧》中所说的"月出惊山鸟，时鸣春涧中"，不就是这个道理吗？还有北宋词人周邦彦那首著名的《蝶恋花》："月皎惊乌栖不定，更漏将残，辘轳(lù lu)牵金井。"讲的也是明月东升，乌鸦惊飞的场景。这样看来，一句"中庭地白树栖鸦"，虽然不曾明说月亮，却通过庭院中的地白、鸦栖，把月出的效果写到了十分，这就是我们常说的背面敷粉。

再看第二句，"冷露无声湿桂花"。如果说第一句写的是中秋月夜的颜色和声音，那么，这一句就是在写味道了。什么味道呢？桂花香。在中国古人的心中，每个季节，都有特定的花朵。比如春天的代表是桃花，是"桃之夭夭，灼灼其华"，那是春天的颜色。夏天的代表是荷花，是"荷叶罗裙一色裁，芙蓉向脸两边开"，那是夏天的风姿。秋天的代表是桂花，是"桂子月中落，天香云外飘"，那是秋天的气韵。

桂花花型小、花色淡，本来不引人注目。但是，它也有一个最大的特点，花香浓郁，沁人心脾。桂花最盛在八月，正是属于中秋节的花。本来，乌鸦既然在树上栖息，自然而然也会把人的视线引到树上，何况桂花还散发着那么甜美的芬芳。举头望去，一树桂花被露水打湿，显得那么润泽。露水是从天上降下来的，这不由得让人想起天上的桂树。在那月亮之上，广寒宫前的桂树，此刻是否也沾染了轻盈的露珠，散发出缕缕寒香呢？再推而广之，那广寒宫里的嫦娥，此刻是否也正"揽衣起徘徊"，感受到了秋夜的凄清呢？这样一来，所谓"冷露无声湿桂花"到底是人间还是天上，就显得恍惚起来，亦真亦幻，却又如此唯美，如此动人。

前两句写月下之景，好像并没有人在，可是"中庭地白树栖鸦"也罢，"冷露无声湿桂花"也罢，不都是人在看，人在听，人在感受吗？可以想象，诗人当时，就徘徊在月亮之下，中庭之中。他举头低头，思接千里。他在想什么呢？"今夜月明人尽望，不知秋思落谁家。"这两句诗，说得多好！诗人终于正面点题了，而且，不仅点出望月的主题，更从自己一个人的望月生发开去，联想到普天下人的望月了。

今夜月圆，举头仰望的岂止我一个人？天涯海角，所有人不都在望着同一轮圆月吗？可是，望月虽同，苦乐各异。有的人合家团聚，也有的人望月怀远。既然如此，那绵绵的秋思，又会落在谁人那里呢？这句"不知秋思落谁家"，写得何等蕴藉，又是何等巧妙啊！所谓秋思，其实就是秋日的情思，也是中秋月圆之夜最常见的心情；所谓"谁家"，并不是哪一家，而是谁人的意思。

诗人是真的不知道秋思落在了谁人心上吗？当然不是。他真正的意思其实是说，月明人尽望，秋思落我家。我在思念着我的朋友杜郎中啊！可是，这样正面抒情太直白了，太没有诗意了，怎么办呢？诗人干脆把自己藏起来，用了一个疑问句："今夜月明人尽望，不知秋思落谁家。"不说自己，但自己就在其中，这不正是古诗的含蓄蕴藉之美吗？

那这句诗巧妙在哪里呢？巧在"落"字上。本来，秋思是人的心里生出来的情感吧？可是诗人偏不说"不知秋思生谁家"，而是说"不知秋思落谁家"，仿佛这秋思是一个外在的东西，就像冷露，像月光一样，从天上洒落下来，落到了某个人的头上，让他不由得生出秋思。这个"落"字，用得是何等不讲理啊！可是，你仔细想，为什么诗人要用这个字？因为这秋思生发得如此自然，如此不可思议，让人觉得，自己根本就没有往思念的方向去想，可是，这思念怎么就这么飘然而至，一下子砸中了自己的内心呢？其实，这不就相当于苏轼所说的"不思量，自难忘"吗？可诗人偏不承认是自己无时无刻不在思念，而是说"秋思落谁家"，一下子，就把这秋思点染得无比生动，无比空灵。我们之前说炼字，总爱举贾岛的"推敲"，或者举王安石的"春风又绿江南岸"。其实，这"不知秋思落谁家"不也是炼字的经典吗？它让这首诗结束得深情婉转，而又余韵悠长。

写中秋的诗词有很多，最著名，也最旷达的，当然是苏东坡的"人有悲欢离合，月有阴晴圆缺，此事古难全。但愿人长久，千里共婵娟"。最野心勃勃的，却数《红楼梦》中，贾雨村吟出的"时逢三五便团圆，满把晴光护玉栏。天上一轮才捧出，人间万姓仰头看"。但是，若论空灵婉转，如诗如画，王建这首《十五夜望月寄杜郎中》却是个中翘楚，不遑多让。

如果对西方人来说，一千个人心中，就有一千个哈姆雷特；那么，对于中国人而言，一千个人心中，更有一千个月亮。但是，无论如何，对于中秋节而言，团圆和思念才是永恒的主题，而真正的思念，其实正如"冷露无声湿桂花"，透着丝丝凉意，却又散发着醉人的芬芳。

杜甫《秋兴·玉露凋伤枫树林》

　　过了中秋，也就进入了深秋。深秋时节，天更凉，夜更冷，原本晶莹剔透的白露，变成了冰凉透骨的寒露，再往前走一步，就该凝固成清霜了。《诗经》所谓"蒹葭苍苍，白露为霜"，写的就是这个时候。寒露有三候，一候鸿雁来宾，二候雀入水为蛤，三候菊有黄华。最晚的一批大雁也南飞了，小鸟则深藏不露，让古人以为都入水变成了蛤蜊，百花凋残，只有秋菊傲霜，吐露寒香。秋天的基调，至此也由清凉变为肃杀，让人心也生出凛凛寒意。这样的时节，又会留下怎样的诗篇呢？下面我就跟大家分享杜甫的《秋兴》八首之一《玉露凋伤枫树林》。

秋兴 · 玉露[①]凋伤枫树林

杜甫

玉露凋伤枫树林，巫山巫峡[②]气萧森。

江间波浪兼天涌[③]，塞上[④]风云接地阴[⑤]。

丛菊两开他日泪，孤舟一系故园[⑥]心。

寒衣处处催刀尺[⑦]，白帝城[⑧]高急暮砧[⑨]。

---

① 玉露：秋天的霜露，因其白，故以玉喻之。

② 巫山巫峡：指夔州（今奉节）一带的长江和峡谷。

③ 兼天涌：波浪滔天。

④ 塞上：指巫山。

⑤ 接地阴：风云盖地。

⑥ 故园：此处当指长安。

⑦ 催刀尺：指赶裁冬衣。

⑧ 白帝城：今奉节城，在瞿塘峡上口北岸的山上，与夔门隔岸相对。

⑨ 急暮砧：黄昏时急促的捣衣声。

先说题目。所谓《秋兴》，就是感秋生情，因秋寄兴。寄什么兴呢？国残家破，书剑飘零。杜甫不幸，赶上了安史之乱。在战乱中，他辗转到了四川，好不容易盼到官军收复河南河北，他以为自己可以"即从巴峡穿巫峡，便下襄阳向洛阳"，没想到，安史之乱的结束并不是天下太平的开始，而是一系列新动乱的开始。唐朝复兴的梦破灭了，杜甫回家的梦也破灭了。直到大历元年（766），安史之乱结束三年之后，他还漂泊在夔州，也就是重庆的奉节。

就是在这个地方，他写下了《秋兴》。这不是一首诗，而是一组诗，一共八首，从诗人当时所在的夔州一直写到诗人念兹在兹的唐都长安，感时伤世，抚今追昔，就像八个乐章一样，既独立成篇，又连环扣接，共同组成一支气势磅礴的交响曲，寄托着老杜晚年最深挚的情感。我们选的这首《玉露凋伤枫树林》是开篇之作，奠定了全诗的情感基调。这首诗是怎么写的呢？

看首联："玉露凋伤枫树林，巫山巫峡气萧森。"所谓"玉露"，就是深秋的白露。露白霜重，红叶满山。整个巫山巫峡，都笼罩在一片肃杀之气中。一开篇，就是一幅大全景。从哪里看到的大全景呢？从诗人所在的夔州城。夔州城俯瞰巫山巫峡，高山深谷之间，层林尽染。这个景致好不好要看心情。

同样是深秋，同样是红叶，毛泽东主席写《沁园春·长沙》，就是"看万山红遍，层林尽染，漫江碧透，百舸争流。鹰击长空，鱼翔浅底，万类霜天竞自由"。那是因为当时正是1925年，革命风起云涌的时代，毛主席时年三十二岁，风华正茂，所以他看红叶，会感觉到热情。但杜甫不一样，大历元年（766），杜甫已经年过半百，一身飘零，百病缠身，在他眼里，满山红叶，只剩凋零，深山幽谷，更觉肃杀。

一开篇就满纸秋气，感情是低沉的，但是，这一联诗写得美不美？又真美。美在哪里？美在颜色。玉露是白的，枫林是红的，搭配起来，是一种深沉的绚烂。还美在哪里？美在气象。巫山巫峡，尽收眼底。一联诗放在那里，就好像一幅泼墨山水，黑的山，白的水，红的叶，还有上面氤氲缭绕的满纸云烟，真是既浑厚又苍凉。

首联以整个巫山巫峡的大气象起，颔联怎么接呢？"江间波浪兼天涌，塞上风云接地阴。"这一联，是对"巫山巫峡气萧森"的展开描写，真是风起云涌，大气磅礴。"江间波浪兼天涌"，这是在写什么？写巫峡。江水澎湃，波翻浪涌，放眼望去，天水相接，好像天也在翻动，这是从地下写到了天上。那"塞上

玉露凋伤枫树林，巫山巫峡气萧森。

风云接地阴"呢？所谓塞上，就是巫山。巫山之上，浓云滚滚，匝地而来，好像和大地的阴气连成了一片，这又是从天上写到了地下。天地之间，到处是惊涛骇浪，到处是萧条阴晦，这是何等动荡不安！这仅仅是在讲巫山巫峡吗？当然不是，这也是当时大唐王朝的写照。

安史之乱结束后，唐朝内部藩镇割据，外部又不停地遭到异族侵扰，内忧外患，战乱不休，举国上下，风雨飘摇。这不也是"江间波浪兼天涌，塞上风云接地阴"吗？我们之前总说"一切景语皆情语"，这江间波浪、塞上风云除了是巫山巫峡，除了是大唐王朝，还是什么？还是诗人的内心世界。翻滚的波浪，正如诗人忧国忧民的思绪，匝地的阴云，正如诗人心中前途未卜的愁闷。把这两联诗放在一起："玉露凋伤枫树林，巫山巫峡气萧森。江间波浪兼天涌，塞上风云接地阴。"高峡秋色，个人际遇和国家命运交织在一起，情感基调是那么萧瑟沉郁，但是，却又写得色彩浓烈、气势恢宏，真有史诗一样的气度。如此看来，老杜的心胸，该是何等开阔而深沉。

前两联写景，都从大处落墨，到颈联，该写人了。怎么写呢？"丛菊两开他日泪，孤舟一系故园心"，这是从全景一下子转入细节了。"丛菊"呼应着"塞上"，塞上簇簇秋菊，烂漫开放。

菊花和红叶，都是秋天的象征，而秋天正和日暮一样，是游子思家的时候。所谓"感时花溅泪"，一年将尽，万里未归，此情此景，怎能不令人潸然泪下！那为什么是"丛菊两开他日泪"呢？所谓"两开"，是指诗人离开成都，准备折返故园已有两年，秋菊也已两度开放。那什么又是"他日泪"呢？"他日"，在这里是向日、前日的意思。

此前一年，杜甫漂泊在云安，当时看到菊花，就曾落泪，没想到过了一年，他仍然滞留他乡，向日的思乡之泪，再次汩汩流淌，这不就是"丛菊两开他日泪"吗？丛菊两开，泪眼两开，一个"开"字，一语双关，诗人的一片乡愁，就这样化作泪水，洒在点点秋菊之中。顺着菊花，再往下看，江间一艘小船，系在岸边。孤舟象征着什么？象征着诗人回家的意志。当年，诗人听闻官军收复河南河北，马上就要买舟东下，还幻想过"白日放歌须纵酒，青春作伴好还乡。即从巴峡穿巫峡，便下襄阳向洛阳"。到现在，三年过去了，诗人还漂泊在回家的路上，这是何等惨痛啊。但是，尽管一直回不了家，诗人却始终未曾放弃。那一叶扁舟，就是诗人的一颗故园之心。

这个故园在哪里？是指杜甫的老家河南巩县吗？其实并不是。它代指的是长安。那是唐朝的都城，是杜甫做官的地方，也是杜甫的精神归宿。杜甫晚年念兹在兹，一定要回到长安，这不仅是一颗故园之心，更是一颗忧国之心。岸系孤舟，心系故园，一个"系"字，还是一语双关，诗人深沉的家国情怀写得含蓄蕴藉，一往情深，不仅给了这首诗一个主题，也奠定了作者这组《秋兴》的基调。

首联、颔联写景，颈联写情，而且落实到了故园之情上，那么，尾联怎么写呢？"寒衣处处催刀尺，白帝城高急暮砧。"这是把目光收回，回到脚下这片土地。日暮时分，秋意更浓。赶制冬衣的时节到了，夔州城里，家家拿刀拿尺，忙着剪裁寒衣，而远处的白帝城头，也传来一阵阵急促的捣衣声。

"日之夕矣，羊牛下来"，秋天本来就是思乡的季节，再加上天寒日暮，飞鸟投林，万众捣衣，更增加了羁旅他乡的漂泊之感。天要冷了，寒衣在哪里？一年要尽了，家乡又在哪里？深秋之际，高城之下，日暮之时，一片砧声、一片哀愁，无边无际，弥漫在巴山蜀水，也弥漫在诗人的心头。结尾结得萧瑟悲凉，而又浑雄开阔，真有动人心魄的力量。

火烧寒涧松为烬，霜降春林花委地。

王维《九月九日忆山东兄弟》

重阳节在今天不算大节，但是在战国和秦汉时期，清明节和中秋节还没有形成，九月九重阳和三月三上巳相对，一春一秋，都很有影响力。延续到隋唐，重阳仍然算是一个重要的节日。两个节日都有祈求消灾避难的意思，只不过三月三在水边，叫祓（fú）禊（xì），而九月九在山上，叫登高。当然，消灾避难只是节日的一个内容，这两个节日也都寓意着顺应天时的快乐。

三月三日正是草长莺飞的仲春，人们蛰伏了一冬，此时都要走出家门赏花问柳，这叫踏青；而九月九日则是草木摇落的深秋，再往后就是寒冬了，又该蛰伏起来，所以人们也会走出家门，看看那些耐寒的秋草秋花，这叫辞青。由此又引发出来一个意象，大自然的深秋，不就意味着人生的晚年吗？

所以重阳节又称老年节，有求长寿的传统。这么多的意思加在一起，逐渐形成了重阳节的三大活动：登高宴饮、佩茱萸、赏菊花。这三件事都非常风雅，容易引发诗兴，所以历来重阳节的名篇很多。比如，杜甫"风急天高猿啸哀，渚清沙白鸟飞回。无边落木萧萧下，不尽长江滚滚来"，写的是登高。杜牧的"江涵秋影雁初飞，与客携壶上翠微。尘世难逢开口笑，菊花须插满头归"，写的是赏菊，乃至簪菊。而王维的"结实红且绿，复如花更开。山中傥留客，置此茱萸杯"，则是写的茱萸。这些诗都非常经典，但是，若论流传程度，却都不及这首王维十七岁时写下的《九月九日忆山东兄弟》。

九月九日[①]忆山东[②]兄弟

王维

独在异乡为异客，每逢佳节倍思亲。

遥知兄弟登高[③]处，遍插茱萸[④]少一人。

---

① 九月九日：重阳节。古以九为阳数，故曰重阳。

② 山东：王维迁居于蒲县（今山西永济市），在函谷关与华山以东，所以称山东。

③ 登高：古有重阳节登高的风俗。

④ 茱（zhū）萸（yú）：一种香草。古时人们认为重阳节插戴茱萸可以避灾克邪。

这首诗为什么如此深入人心呢？

先看题目。《九月九日忆山东兄弟》，"九月九日"是时间，重阳。"山东兄弟"呢？这就涉及中国古代山东的概念了。"山东"一词，最早出现在战国时期，当时关中的秦人，称崤（xiáo）山或华山以东的地区为山东，有时也泛指秦以外的六国领土。到了唐代和北宋，一般又以太行山作为山东、山西的分界线，把太行山以东的黄河流域称作山东。到了金代，朝廷设置山东东、西二路，明代设山东布政司，清朝设山东省，山东才由地理名词变为政区名称。

那具体到王维这首诗呢？王维是山西蒲州人，当时在长安求取功名，蒲州和长安之间隔着华山，所以他这里的山东用的是古意，指华山以东。九月九日，重阳佳节，怀念远在华山以东的蒲州老家的兄弟们。这样的诗怎么写呢？总体来说，王维的诗空灵淡远，如诗如画。但是这首诗不一样，这首诗是王维十七岁的作品，那个时候，他的感情更充沛，诗风却还没有形成，所以这首诗写得很不像王维，显得质朴直率，而又情深意长。

先看第一句，"独在异乡为异客"。这句诗一上来就直抒胸臆，感情也特别浓烈。浓烈在哪里呢？在一个"独"字，两个

"异"字。有没有人觉得，"异乡为异客"说得太啰唆？异乡为客，不就够了吗？再配上"独"字，就是"独为异乡客"。然后再把整首诗都调整一下，就成了"独为异乡客，佳节倍思亲。兄弟登高处，插茱少一人"。是不是也可以？可以是可以，但少了缠绵的诗意。异乡为异客，看起来是啰唆，但实际上是在反复咏叹这一个"异"字，反复强调着自己的格格不入。

我就在那异乡啊，当着异乡的客人，眼睛里看到的，耳朵里听到的，甚至嘴里吃到的，全都和我的家乡不一样。我看别人是异样的，想来别人看我也觉得异样吧？这种感觉让我不踏实，让我倍感孤独。在这种情况下，我多希望，身边能有一个人，和我分担一下这种生疏感啊！可我偏偏是"独在异乡为异客"。

陌生的环境，形单影只的少年。有没有人想到了自己刚刚上大学的样子？送行的父母已经回去了，新的朋友还没有交到。这个时候，是不是感觉格外孤单？本来，这所大学，正是中学时代的梦想，大气的北京也罢，繁华的上海也罢，不都是自己心仪已久的地方吗？怎么真的到了这里，却只觉得孤单和恓惶了呢？我们刚刚说过，王维写这首诗的时候，也只有十七岁，差不多相当于大一新生；而他从蒲州到长安，差不多就相当于今天从各地到北京，谁不是天之骄子，谁不曾挥斥方遒？但是，真到了静室独处的那一刻，还是会觉得孤单无助。这就是"独在异乡为异客"，真切地、毫不掩饰地道出了少年的乡愁。

那下一句呢？"每逢佳节倍思亲"。这乡愁是时时缠绕着，可是，生活总在继续。就拿如今的大一新生来说吧，军训、上课、打水、打饭，忙着认识新同学，忙着适应新环境。忙碌的时候，乡愁自然而然被压制着，被掩饰着。可是，一旦碰到一个触媒，这压抑着的感情就会喷薄而出。这触媒到底是什么呢？佳节！中国所有的佳节其实都是团圆节。往年的这一天，不都是和家人在一起，吃着家乡的东西，说着动听的乡谈吗？如今却只有自己一个人。这个时候，乡愁就像洪水一样滚滚而来，一下下、一波波地敲击着少年的心，这就是"每逢佳节倍思亲"，几乎所有人都体会过。但是，在王维之前，还没有哪一个人，用如此明白质朴，而又如此凝练概括的语言描述过。所以这句诗一出来，就立刻征服了当时的诗坛，也征服了一代代的中国人，成了代表乡愁的千古名句。

其实，这样质朴而又动人的诗句，我们每个人都能说出来几句吧？比如，元稹的"贫贱夫妻百事哀"，甚至是慈禧的"可怜天下父母心"，都已经由诗句变成了耳熟能详的俗语。你可能不知道全诗是什么，但是，仅仅这一句，就能深深地打动你，让你觉得，它既是放之四海而皆准的至理名言，又是你内心深处实实在在的感受，至情至性，脱口而出，朴实无华而又动人心魄。

诗写到这里，再往下怎么接呢？说实在的，真不好接。因为警句已出，再沿着这个路子往下走，难免画蛇添足。王维是怎么处理的呢？看下两句："遥知兄弟登高处，遍插茱萸少一人。"这两句写得真好，它避实就虚，由此及彼，一下子从此地翻到远方，从异乡翻回故乡，从自己翻到了兄弟。他说，遥想我的兄弟们，今天一定都在登高吧，他们按着往年的风俗遍插茱萸，却突然意识到，身边少了我一个人。王维当时十七岁，他的兄弟们，也都还是少年郎。少年过节总是最快活的，他们说说笑笑，打打闹闹，他们把辟邪的茱萸插到同伴的头上、身上。可是，忽然，有个兄弟说了一句，可惜摩诘不在。于是，大家一下子都沉默下来，都思念起远方的自己了。

这是虚写还是实写？这是虚写，这些场景都是王维想象出来的，但是，他写得又是那么实，那么活灵活现，仿佛兄弟们真的在叹息伤感。这种写法真是曲折委婉。明明是自己在思念兄弟们，却说是兄弟们在思念自己，仿佛自己独在异乡为异客的孤单并没有什么。相反，倒是兄弟们的遗憾更值得体贴。这是什么笔法？背面敷粉。把兄弟们的欢聚和遗憾写足了，自己对故乡的眷恋、对亲情的向往也就出来了。而且，首句第一个字是独，正和尾句的最后三个字"少一人"遥相呼应，让人觉得回环往复，余味绵绵。

说到这里，有没有人想到杜甫的名篇《月夜》？"今夜鄜州月，闺中只独看。遥怜小儿女，未解忆长安。"用的不也是这个手法吗？明明是自己独自看着月亮思念妻子，却说妻子独自看着月亮思念自己。明明是自己惦记着孩子们，却说孩子还不懂得惦记自己。这也是背面敷粉，委婉动人。

通篇看来，这首诗为什么如此深入人心？因为它明白如话，人人都可亲近。但与此同时，它又是那么情真意切，人人都会动心。这就是古人所说的，"诗到真切动人处，一字不可移易也"。

冬天这个季节，最冷也最暖。冷的是外边。北风怒号，大雪封门。所谓"千山鸟飞绝，万径人踪灭"。让人看了都觉得冷，觉得畏缩。更何况塞外苦寒之地，"燕山雪花大如席，片片吹落轩辕台"。狂风暴雪，绝壁穷边，这是冬日之景的经典，也是冬日之诗的主题。

　　可是，正因如此，冬日的家园，才显得格外温暖。红泥小火，一室生春。向着火，温一壶酒，身边围坐着老妻稚子，或者再有二三知己，无论是讲论诗书，还是闲话家常，都是那么惬意吧？大家兴致高了，还可以添一件厚衣裳，到外面去踏雪寻梅。《红楼梦》里，"琉璃世界白雪红梅，脂粉香娃割腥啖（dàn）膻"，讲的就是这般雅事。或许，冷的雪，暖的火才是绝配，而比这更好的，则是冷的冬，暖的心。

卢纶《塞下曲》（其二）

在古代，立冬与立春、立夏、立秋合称四立，是一年之中最重要的节气。在这一天，天子要率领大臣到北郊迎冬，还要赐寒衣给大臣，而北方的民间，也会在这一天吃饺子，祈求未来漫漫冬日的平安。不过，立冬毕竟才是冬天的开始，即使在北方，也是"水始冰，地始冻"。草固然枯了，但天还不太冷，天空澄明，远山召唤，正是打猎的好时候。所以，这个时节，我来跟大家分享卢纶的《塞下曲》第二首。

塞下曲（其二）

卢纶

林暗草惊风^①，将军夜引弓。

平明^②寻白羽^③，没^④在石棱^⑤中。

---

① 惊风：突然被风吹动。

② 平明：天刚亮的时候。

③ 白羽：箭杆后部的白色羽毛，这里指箭。

④ 没：陷入，这里是钻进的意思。

⑤ 石棱：石头的棱角。也指多棱的山石。

醉看墨花月白，恍疑雪满前村。

《塞下曲》属于唐乐府，出自汉乐府的《出塞》《入塞》，一般写军旅生活和边塞风光。唐朝写过《塞下曲》的诗人不少，最著名的有三位。一位是李白，写过《塞下曲》六首，都是五言律诗，我们最熟悉的，应当是"五月天山雪，无花只有寒"和"骏马似风飙，鸣鞭出渭桥"这两首。还有一位是王昌龄，写过四首《塞下曲》，我们比较熟悉的是"蝉鸣空桑林，八月萧关道"以及"饮马渡秋水，水寒风似刀"这两首，也是五言律诗。

　　再有就是卢纶，也写过六首《塞下曲》，只不过他这六首不是五言律诗，而是五言绝句。他也有两首最著名，一首是我们要讲的这个第二首，还有一首，是《塞下曲》组诗中的第三首："月黑雁飞高，单于夜遁逃。欲将轻骑逐，大雪满弓刀。"既然三位诗人都写过《塞下曲》，我们为什么不选更加有名的李白或者王昌龄，一定要选卢纶呢？

　　首先，李白和王昌龄都是盛唐诗人，大家本来关注就多，而卢纶是"大历十才子"之一，是中唐诗人，大家了解相对少，理应多说几句；其次，一般人都认为，中唐诗作柔弱，但是，卢纶这几首《塞下曲》，却写得音调铿锵，骨气昂扬，有盛唐风采，即使放在盛唐也算好诗；再次，李白和王昌龄的《塞下曲》都是五言律诗，而卢纶的《塞下曲》却是五言绝句。其实五言绝句最不好写，为什么呢？一共四句话，二十个字，按照古人的说法是"离首即尾，离尾即首"，刚开了头，就到结尾，回旋余地小，很难写好。可是，卢纶这六首诗，却写得精彩纷呈，真正做到了小而能大，促而能缓，值得好好品味。所以我们不选李白，不选王昌龄，就选卢纶。

那可能还有人会说，既然《塞下曲》有六首，为什么不选别的，单选这一首呢？因为这一首还是改写的范文。我们上小学、中学的时候，写作文都有改写课，把记叙文改成议论文，把说明文改成记叙文，或者把长篇改成短篇，等等，个人认为，没有哪一篇范文能比卢纶这首改写得更好。为什么这么说？要知道，这首诗可不是从一般的素材改写过来，而是改写《史记·李将军列传》中的一小段，讲汉朝飞将军李广射虎的故事。《史记》的原文是这么写的："广出猎，见草中石，以为虎而射之，中石没镞，视之石也。因复更射之，终不能复入石矣。"众所周知，《史记》的文字最见功力，既言简意赅，又栩栩如生，被鲁迅先生誉为"史家之绝唱，无韵之离骚"。把"无韵之离骚"改成"有韵之绝句"，这个难度可想而知。但是，卢纶做到了。怎么做的呢？

先看前两句："林暗草惊风，将军夜引弓。"十个字，有时间，有地点，有人物，有事件，还有氛围。时间在哪里？在第一句的"暗"字上，也在第二句的"夜"字上。这不是晨曦微露，更不是艳阳高照，而是天色已晚，四处一片漆黑。地点在哪儿？在"林"字上。这个地方，既不是肃穆的宫廷，也不是热闹的街巷，而是茂密的树林。山高林密，本身就给人幽暗之感，何况又是在暗沉沉的夜里！人物在哪儿？在"将军"两个字上。月黑风高之夜，谁会出现在密林之中呢？不是赶路的客商，也不是醉醺醺的流浪汉，原来是外出打猎的将军，正要回营。

那事件又在哪儿呢？在"引弓"两个字上。所谓引弓，就是开弓射箭。暗夜里，密林中，将军为什么忽然开弓射箭呢？因为"草惊风"。想象一下，月黑之夜，将军在密林中穿行，忽然间，一阵风来，草丛摇晃，露出一个模糊的影子，仿佛什么东西伏在那里，这会是什么东西？第一个想到的，当然是老虎。古代生态环境好，山林中往往有老虎，而老虎作为百兽之王，又惯于在夜间出没。俗话说"云从龙，风从虎"。"林暗草惊风"，不正是老虎出现的信号吗？饶是身经百战的将军，也暗暗吃了一惊。可是，将军毕竟是将军，无论何时都不会乱了方寸，只听"嗖"的一声，箭镞已经射向草丛。这就是"林暗草惊风，将军夜引弓"。

短短十个字，要气氛有气氛，要故事有故事，是不是紧张激烈，有如大片的开场镜头？写得真精彩。回过头来再看，《史记》原文是怎么写的呢？"广出猎，见草中石，以为虎而射之。"一比之下，就知道诗人改写的精彩之处了吧？原文之中，并没有说明李广射虎的时间和地点，但是，到了诗中，这两个因素就分外突出了，山高林密，月黑风高，风吹草动，一下子气氛就紧张起来，这才能诱发出将军的一箭，也才能凸显出将军的镇定和勇猛。

箭射出去了，接下来呢？看后两句："平明寻白羽，没在石棱中。"等到第二天早晨，将军记挂着昨晚那次惊魂事件，也想看看自己那支箭到底有没有射中老虎，于是又回到原地寻找，这才吃惊地发现，哪里有什么老虎，只是一块大石头卧在草丛之中。那箭呢？一支白羽箭，直插在巨石的棱角之中，不仅仅是箭头，而且整个箭身都深深地插了进去，外面只露出箭尾的羽毛。

这两句诗和前两句一样精彩。精彩在哪里？第一在"平明"，第二在"石棱"。所谓"平明"，就是天亮。如果说暗夜造成了神秘，进而造成了误会，那么，"平明"就意味着清晰，也意味着揭晓。昨天夜里，那幽暗阴森的环境制造出太多的紧张感，也让将军放出了那一箭；那么天亮之后，一切都清晰起来，谜底也随之揭晓：将军那箭，射中了吗？射中了，但射中的不是老虎，而是一块巨石，虚惊一场，这是多大的误会呀。看到这个场景，将军也会哈哈大笑吧。前两句紧张，后两句松弛，前两句惊，后两句喜。一紧一松，一惊一喜，这样巨大的反差和对比，正是"暗""明"才能造成的效果。

那石棱精彩在哪里呢？所谓"石棱"，既不是石缝，也不是石面，而是巨石尖尖的棱角，这根本不是射箭的地方，将军却能把箭射进去，而且射得那么深，只剩下箭尾的白羽毛露在外面，这是何等的神力啊。想想看，将军这一箭固然是射错了，但是，如果真的是老虎，又会如何？如果换成敌人，又会如何呢？诗人什么也没说，但是，看到这里，谁心里都会涌起无限的钦佩和信任。有这样的将军在，边疆就没事了。一首绝句，戛然而止，但是余音袅袅，回味悠长。写得既刚健又蕴藉，真是妙不可言。

《史记》原文是怎么写的呢？"中石没镞，视之石也。因复更射之，终不能复入石矣。"跟诗相比，有什么差别？第一，按照原文，应该是随后就发现箭射在了石头上，而不是第二天早晨。第二，是射中了石头，而不是石棱。第三，李广自己也觉得不可思议，接着又去射，却再也射不进去。两相对比，诗人为什么要改动这三处呢？第一处和第二处，无非是想增加这件事的戏剧性，让将军的形象更鲜明。那第三处为什么要删掉？因为这个事情，对诗而言，是无用信息。想想看，《史记》原文为什么会写这一笔？可能因为事实正是如此，也可能是在渲染这件事的不可思议，如有神助。

卢纶为什么要删去这一笔呢？恰恰是想说，这不是不可思议的奇迹，而是将军的真本事。有真本事的将军，才是我们心目中的真将军。说到这里，可能有人会问，你这样比，是不是意味着《史记》写得不如卢纶的《塞下曲》好呢？绝不是这个意思。史家有史笔，诗家有诗笔。所谓史笔，就是实事求是，不夸张，不渲染，力求形象准确，反映事实。而所谓诗笔，恰恰是要夸张渲染，力求形象鲜明，高于事实。《史记》原文有原文的妙处，卢纶改写有卢纶的妙处，不能相互替代。

但无论如何，作为改写，这首《塞下曲》还是相当精彩的。本来，五言绝句只有二十个字，而原文却有三十三个字，这个改写，应该是做减法。可是，诗人并没有一味地减信息，而是有增有减，或者说，该增则增，该减则减。这样一来，一位盘马弯弓、为国柱石的将军形象才能跃然纸上，栩栩如生。这正如郑板桥写的那副对联:"删繁就简三秋树,领异标新二月花。"

卢纶号称"大历十才子"之首,从这首诗看来,真是实至名归。

祖咏《终南望余雪》

下雪是冬天的常态。起先肯定是小雪，在空中似有似无地飘着，接着可能会密密地下一阵雪珠儿，在地上铺了薄薄的一层，随即又化掉了，只让地面的颜色变得更深些。或者，在山坡的背阴面，留下一些斑驳的痕迹。人常说，"下雪不冷化雪冷"，等到雪化了，天也晴了，北风就会呼呼地吹起来，带走空气里的水汽，也带走人身上的热气。这一雪一晴，一冻一化，其实就是冬天的第一个下马威。

古代人对风花雪月是最敏感的，《红楼梦》里，才下第一场雪，公子小姐们就忙着到芦雪庵即景联诗，不辜负老天的美意，这当然是风雅至极的事情。但是，若这写诗的地方，不是在芦雪庵，而是在考场上，监场的不是温柔的大嫂子李纨，而是严厉的主考官，又会如何呢？下面我就和大家分享一首祖咏的《终南望余雪》。

终南①望余雪②

祖咏

终南阴岭③秀，积雪浮云端。

林表④明霁⑤色，城中增暮寒。

---

① 终南：山名，在唐朝京城长安（今陕西西安）南面六十里处。

② 余雪：指未融化之雪。

③ 阴岭：北面的山岭，背向太阳，故曰阴。

④ 林表：林外，林梢。

⑤ 霁（jì）：雨、雪后天气转晴。

终南阴岭秀，积雪浮云端。

这是一首应试诗，也就是诗人在科举考试的考场里写的诗，相当于我们今天的高考作文。唐朝在很长一段时间都是以诗赋取士，可想而知，应试诗数量相当庞大。但是，能留存到今天的应试诗只有寥寥几首。

为什么呢？因为这种诗最难写好。难写在哪儿呢？第一，它既不是实情实景，也没有真情实感。《毛诗序》说："情动于中而形于言，言之不足，故嗟叹之，嗟叹之不足，故咏歌之，咏歌之不足，不知手之舞之，足之蹈之也。"好诗应该是诗人心声的自然流露，比如"春眠不觉晓，处处闻啼鸟"，真像是早晨醒来脱口而出的一句话，多么自然，多么蓬勃呀。再比如，"望君烟水阔，挥手泪沾巾"，就是眼前景、心中情，我们现在看，都觉得这场景仿佛历历在目，而且让人心有戚戚。这就是"情动于中而形于言"。但是应试诗不一样，你眼前就是一张白纸，没有实景，题目又是人家出好的，也难有真情，无情、无景，自然难以写好。

第二，它还有严格的形式要求。什么形式呢？一般是六韵的五言排律。所谓六韵，就是六个韵脚，其实也就是六联。十二句话，六十个字。无论出什么题目，你都必须用这十二句话，六十个字完成。可以想象，若是李白参加考试，一句"噫吁嚱(xī)，危乎高哉，蜀道之难难于上青天！"已经落榜了，因为文体不合格。情感少而规矩多，这样的文章真是往死里作，无怪乎考了那么多年，进士一大堆，却没有几首诗流传下来。但是，凡事都有例外。祖咏这首《终南望余雪》也是应试诗，却是历来公认的好诗，也是入选《唐诗三百首》的唯一一首应试诗。这首诗好在哪儿呢？

先看题目，《终南望余雪》。其实就是望终南余雪，从哪儿望呢？当然是从考生所在的长安城。所以，这个题目，是让考生从长安城的角度遥望终南山的残雪，写写所见所想。这里真要表扬一下唐朝。唐朝的应试诗，虽然也是命题作文，但题目还比较自由，多少有点儿既视感。不光是考生们每天看到的终南山，甚至连礼部考试院里种的松树都曾经当过考试题目。不像清朝那样，必须用前人现成的句子当诗题，一点儿发挥的余地都没有。《终南望余雪》这个题目怎么出来的？显然就是在考试之前，长安刚刚下过雪，所以考官信手拈来，就成了考试题。这个题目怎么写呢？

看第一句，"终南阴岭秀"。这个"阴"字真好。中国古代，山南水北谓之阳，山北水南谓之阴。终南山在长安城的南面，所以从长安城看终南山，看到的是终南山的北坡，也就是阴坡。题目既然是《终南望余雪》，而不是《终南余雪》，那就等于已经给出了视角，所以诗人不是泛泛地讲终南山，而是说"终南阴岭秀"，这就是点题。"阴"字一出来，说明诗人已经充分领会了考官的意图，这就叫审题成功。可是光讲终南山的北坡风光秀美还不够，题目不是终南望，而是终南望余雪。雪在哪里呢？

看第二句，"积雪浮云端"。这一句哪个字好？"浮"字好。积雪都浮在云朵上面。可能有人会说，积雪是在山上，怎么会浮在云上呢？这正是残雪高山才有的视觉效果呀。试想，如果不是残雪，而是正在下的大雪，那是什么样子？那就是王维所说的"隔牖风惊竹，开门雪满山"了，可是，既然题目是终南望余雪，那就是说，山脚乃至山腰的雪都已经化了，只在高海拔的山顶，还有积雪存留。山顶的积雪又怎么会浮云端呢？要知道，终南山可不是一个普通的小土堆，而是一座白云缭绕的大山。如果是小山，云是在山上飘的，但是高山就不同了，山高云低，云朵会从山腰流过。残雪积在山顶，云朵流过山腰，从长安城里远远望去，雪仿佛不是积在山上，而是浮在云上，这不就是"积雪浮云端"吗？一个"浮"字，不仅让雪显得特别轻灵，而且，也让山显得特别秀美。试想一下，上面白雪是光，中间云流是影，这光与影的组合，给冬天萧条的终南山增加了多少光彩！这才能呼应"终南阴岭秀"。

终南望余雪，诗人的视角从上往下，先看到积雪，后看到流云，再往下呢？看到树林了。第三句："林表明霁色"。这一句话哪个字好？"明"字好。明就是亮，在这里用作动词，就是照亮。被什么照亮？被阳光照亮，被霁色照亮。所谓霁色，就是天晴的颜色。诗题不是《终南望余雪》吗？雪已经下过了，所以不是阴云密布，白雪飘飘，而是雪后天晴，阳光灿烂。

大家可以想象一下，终南山离长安城差不多有六十里地，平时雾气缭绕，哪里看得清树木呀。可是雪后就不同了，天地都被洗刷了一遍，空气仿佛是透明的，这个时候看终南山，才会林木历历，格外清晰。所以"明霁色"这三个字，写得真细致，真贴切，是长期生活在长安的人才能写出的感觉。

那为什么又是"林表明霁色"呢？这不仅是在写风景，还是在写时间了。林表就是林梢，不是树林被照亮，而是林梢被照亮了，说明太阳不是垂直照射，而是平射过来，穿过林梢。阳光平射，可以是清晨，也可以是傍晚。那到底是清晨还是傍晚呢？清晨的时候，太阳从地平面往上升，树也是从下往上被照亮，而傍晚呢？"青山欲衔半边日"，太阳从高处落下来，会先把林梢照亮，这才是"林表明霁色"。

夕阳西下，林表一片光明，一个"暮"字已经呼之欲出了，所以才有最后一句，"城中增暮寒"。《终南望余雪》视线的起点是长安城，最后的落脚点，仍然要在长安城。雪已经下过了，终南山一片晴明，前三句无论是写山、写雪、写云、写树，都是在写望中所见。最后一句要写望中所感了。人在城里，望着终南山的残雪，究竟是什么感受呢？

俗话说，"下雪不冷化雪冷"，化雪的时候，热量都被吸收了，人当然会感觉寒冷。而到了傍晚，阳光每退一寸，人的寒意又会增加一分。终南山顶，积雪浮云，已经渗透着寒意，夕阳西下，又增加寒意。这不就是"城中增暮寒"吗？这是一种非常自然的感受。但是，诗人难道仅仅是在说自然感受吗？又不是。我们之前说过，"一切景语皆情语"，人的目光背后有心情，人的感觉背后也有心情。什么心情呢？杜甫讲："安得广厦千万间，大庇天下寒士俱欢颜，风雨不动安如山！"这是直抒胸臆，忧国忧民。其实，不光杜甫忧国忧民，祖咏也是一样。雪过天晴，风景独好，但是，城中增暮寒，又有多少寒士衣食无着呢？一种牵挂已在不言之中，这就是诗的蕴藉。

到这里，景也写了，情也写了，视线也从长安城出发，扫过终南山，最终又回到长安城。《终南望余雪》这个题目写尽没有？写尽了。祖咏也觉得写尽了，于是就交卷了。可是主考官说，按照要求，是要写六韵六十字的五言排律。你怎么只写了两韵，二十个字的五言绝句呢！这是违规呀。就好比今天的高考作文，让你写八百字，你只写三百字，这怎么能合格呢！主考官是个很好的人，让祖咏拿回去重写。而祖咏偏偏是个很偏的人，他丢下两个字"意尽"，就飘然离场了。

那最后到底录取没有呢？录取了。祖咏是开元十二年（724）进士，"开元盛世"有着"不拘一格降人才"的气度，所以才能留下这首应试诗，留下这段藐视"高考"规则，不肯画蛇添足的佳话。但话又说回来，无论什么时代，有几个人敢拿自己的前途命运开玩笑呢？所以，这样清新凝练的应试诗，也只能是昙花一现罢了。

李白《北风行》

二十四节气到了大雪，天就真的冷下来了，雪天也多了起来，从东北到华北，甚至远到江淮，都是"千里冰封，万里雪飘"。当年，白居易当江州司马时，曾经写过一首《夜雪》："已讶衾枕冷，复见窗户明。夜深知雪重，时闻折竹声。"江州在今天的江西九江，算是南方了，竟然还有那么大的雪。到了北方又会如何呢？下面我就和大家分享李白的《北风行》，看看当年北京的雪势如何。

北风行^①

李白

烛龙^②栖寒门，光曜犹旦开。

日月照之何不及此？惟有北风号怒天上来。

燕山雪花大如席，片片吹落轩辕台^③。

幽州思妇十二月，停歌罢笑双蛾摧^④。

倚门望行人，念君长城^⑤苦寒良可哀。

别时提剑救边去，遗此虎文金鞞靫^⑥。

中有一双白羽箭，蜘蛛结网生尘埃。

箭空在，人今战死不复回。

不忍见此物，焚之已成灰。

黄河捧土尚可塞，北风雨雪恨难裁。

---

① 北风行：乐府旧题，内容多写北风雨雪、行人不归的伤感之情。

② 烛龙：中国古代神话传说中的龙。人面龙身而无足，居住在不见太阳的极北的寒
门，睁眼为昼，闭眼为夜。

③ 轩辕台：乃黄帝轩辕氏与蚩尤战于涿鹿之处。遗址在今河北怀来乔山上。

④ 双蛾摧：双眉紧锁，形容悲伤、愁闷的样子。双蛾，女子的双眉。

⑤ 长城：古诗中常借以泛指北方前线。

⑥ 鞞（bǐng）靫（chá）：当作鞴靫。虎文鞞靫，绘有虎纹图案的箭袋。

先说题目，《北风行》是乐府旧题，南北朝鲍照等人都写过，一般是写北风雨雪、行人难归的哀伤之情。更早的出处则是《诗经·邶（bèi）风》中的《北风》篇，开篇就是"北风其凉，雨雪其雱"。雪花飘飘，北风萧萧，奠定了北国冬天肃杀的基调。李白最擅长用乐府旧题推陈出新，他怎么写这个题目呢？

先看前六句："烛龙栖寒门，光曜犹旦开。日月照之何不及此？惟有北风号怒天上来。燕山雪花大如席，片片吹落轩辕台。"这六句话在写什么？在写北方的风雪苦寒。怎么写呢？"烛龙栖寒门，光曜犹旦开。"一开篇，诗人就先讲了一个关于北方的神话：有一种人面龙身的神灵，叫烛龙，住在极北方的太阴之地。烛龙睁开眼睛就是白天，闭上眼睛就是黑夜。每到白天，烛龙就衔着蜡烛照亮。这是《淮南子》里的一个神话，李白为什么要用这个神话呢？起兴。所谓起兴，就是借物言情，以此引彼。"烛龙栖寒门，光曜犹旦开"，注意这个"犹"字，犹就是还能，烛龙栖息在如此阴冷的寒门，但白天还能有光亮。这是一个让步句式，它所引出的那个"彼地"，一定还不如此地。是不是呢？

看下两句："日月照之何不及此？惟有北风号怒天上来。"这个地方无论是太阳还是月亮都照不到，只有北风怒号，从天

地白风色寒，雪花大如手。

而来。这真是一个可怕的地方。日月不及是色，北风怒号是声，天上来是势，这样的色彩、这样的声势，比烛龙所待的寒门还要恐怖，还要严酷。这个地方究竟在哪儿呢？看下两句："燕山雪花大如席，片片吹落轩辕台。"燕山山脉，在河北平原的北侧，轩辕台，则是当年黄帝和蚩尤涿鹿大战的地方，在今天的河北怀来。原来，这里是幽州啊。燕山的雪花和席子一样大，一片片飘落在轩辕台上。

这就是李白笔下的雪花，它不像梅花，不像梨花，不像柳絮，不像我们之前看到的任何关于雪的比喻，它比那些喻体都要大，大得让人恐惧，它像席子一样，一片片地在风里翻腾着，翻腾着，最后落下来，落在轩辕台上。这是夸张吧？当然是。但是，夸张得多奇丽，多传神呀！就像"白发三千丈"或者"会须一饮三百杯"一样，谁都知道是夸张，但是，谁都觉得感同身受，仿佛非如此不可。很多人并不知道这整首诗，但却知道"燕山雪花大如席"，这就是夸张的力量。"烛龙栖寒门，光曜犹旦开。日月照之何不及此？惟有北风号怒天上来。燕山雪花大如席，片片吹落轩辕台。"这几句诗，多么壮阔，多么恐怖啊！黑白两色的背景，铺天盖地的凄厉风声，席子一样的大雪，冷峻的燕山，曾经做过古战场的轩辕台，把这几个意象放在一起，不仅幽州冬天的风景写出来了，作者的感情也写出来了。什么感情呢？

看下四句："幽州思妇十二月，停歌罢笑双蛾摧。倚门望行人，念君长城苦寒良可哀。"就在这寒冷阴森的十二月里，幽州的一个思妇停了歌声，收了笑颜，紧紧地皱起了一双蛾眉。她不顾风雪，倚在门边，看着一个个过往的行人。她为什么愁苦？她又在看什么？"念君长城苦寒良可哀。"原来，她是在思念丈夫，她的丈夫到更北方的长城边上去当兵了，幽州城尚且如此寒冷，丈夫那里又该如何呢？

那么，长城风雪如何，诗人还要不要写？不用写了，因为前面已经铺垫足了。"烛龙栖寒门"，已经够阴森寒冷了吧？可是，幽州比寒门还要阴森寒冷。那幽州是不是苦寒的极致呢？还不是，长城还在更北更荒凉的地方。这就好比北宋欧阳修的"平芜尽处是春山，行人更在春山外"一样。平芜已经需要极目远眺，可是，平芜尽处还有春山；春山已经远在天边，而行人呢，却还在春山以外。冷到不可思议也罢，远到不可思议也罢，这不可思议怎么表达？与其直接描摹，不如相互对照，一旦把参照物写到极致，诗人要说的事情也就不言自明了。

少妇倚门望夫而夫不归，愁绪难遣，怎么办呢？看下八句：

"别时提剑救边去，遗此虎文金鞞靫。中有一双白羽箭，蜘蛛结网生尘埃。箭空在，人今战死不复回。不忍见此物，焚之已成灰。"望不见的夫婿，解不开的愁肠，万般无奈之下，少妇只好拿出丈夫留下的物件，寄托相思。什么物件呢？"别时提剑救边去，遗此虎文金鞞靫。中有一双白羽箭，蜘蛛结网生尘埃。"当年边疆告急，丈夫提起宝剑，奔赴战场，只留下一个绣着虎纹金线的箭袋。"提剑救边去"，这是何等决绝，何等慷慨。"虎文金鞞靫"，又是何等威风，何等漂亮。

中国古代有借物喻人的传统，《孔雀东南飞》里，贤惠的刘兰芝一定要"足下蹑丝履，头上玳瑁光"，曹植《白马篇》中的英雄少年也一定要"白马饰金羁，连翩西北驰"。箭袋的华美、箭羽的洁白都代表着主人的威仪与高贵，这是一个多么完美的丈夫呀。少妇当然珍视丈夫留下的东西，可是，她怕自己睹物思人，又不敢轻易动这些东西，天长日久，蜘蛛都在箭上结网，洁白的羽毛都落满尘埃了。

什么时候少妇又重新拿起这一双白羽箭呢？"箭空在，人今战死不复回。不忍见此物，焚之已成灰。"丈夫奔赴边疆，白羽箭成了少妇的精神寄托，她觉得，只要箭在那里，丈夫就还在那里。可是呢，忽然有一天，噩耗传来，丈夫战死了。一切担心惦念、一切相思相望都已落空，少妇的精神坍塌了，她拿出珍藏的白羽箭，一把火把它烧成了灰烬。箭羽成灰，心事成灰。这是何等痛苦，何等绝望。

可能有人会说，既然少妇的丈夫已经战死了，开头为什么还写"倚门望行人，念君长城苦寒良可哀"呢？这才反映了少妇痛苦的绵长啊。丈夫已经战死了，可是，每次有行人从大路走来，少妇还会觉得，那是丈夫回来了；丈夫已经化作白骨，每次刮起风，下起雪，少妇还会想，丈夫会不会寒冷。一把火可以烧掉白羽箭，却烧不尽少妇的痛苦，正是这无尽的痛苦，才让少妇觉得幽州城是如此暗无天日。"燕山雪花大如席，片片吹落轩辕台"，这既是冬日幽州城的写照，更是思妇内心的写照。

就在这悲愤的心情下，最后两句诗也就如火山喷发一样冲口而出："黄河捧土尚可塞，北风雨雪恨难裁！""黄河捧土"用的是《后汉书·朱浮传》的典故，本来是说黄河的孟津渡口是不可能用土塞住的。可是，李白却说，"黄河捧土尚可塞"，连滚滚东流的黄河都能用一捧捧的土来塞住，但是，少妇的这种生离死别之恨，却如同这漫漫风雪一样，无边无尽，难以消除。这是多么强烈的感情啊！

"北风其凉，雨雪其雱"，这怒号的北风，漫天的飞雪，既呼应了开头那段景物描写，又贴切地反映出思妇的忧愤。这不是"此恨绵绵无绝期"，而是"泪飞顿作倾盆雨"，惊天地而泣鬼神，充满了李白式的情感与力量。唐朝是一个尚武的时代，众多的边塞诗，也往往洋溢着英雄主义的光辉。但是，有战争就有离别和死亡。在雄壮的边塞主题中，能够关注牺牲、关注痛苦，本身就是伟大的人道主义精神。

白居易《问刘十九》

冬至在中国古代地位很高。它是二十四节气中最早测定出来的一个，在整个周朝，乃至秦朝，都把冬至当作一年的开始。直到汉武帝采用夏历，定正月为岁首，才有了我们今天的春节。冬至为什么会有如此高的地位？因为这一天太阳直射南回归线，是整个北半球白昼最短的一天。这一天当然是冷的，我们现在所说的"数九寒天"就从冬至开始。但是，同样是这一天，阳气也开始悄悄滋长。道教内丹学讲：冬至一阳生。一个新的轮回，其实已经在昼短夜长、天寒地冻的冬至时节悄悄孕育。这真是一个外冷内热的节气。所以，我要跟大家分享一首温暖的冬日之诗——白居易的《问刘十九》。

问刘十九

白居易

绿蚁[①]新醅[②]酒，红泥小火炉。

晚来天欲雪[③]，能饮一杯无[④]？

---

① 绿蚁：指浮在新酿的没有过滤的米酒上的绿色泡沫。

② 醅（pēi）：酿造。

③ 雪：下雪，这里用作动词。

④ 无：表示疑问的语气词，相当于"吗"。

这首诗真的好。好在哪里呢？先看颜色吧。"绿蚁新醅酒"，酒是绿的。"红泥小火炉"，温酒的红泥炉子和火苗都是红的。"晚来天欲雪"，雪虽然没有下，但你能想象，它是白的。绿、红、白，就没有其他颜色了吗？还有。这首诗写的是"晚来天欲雪"，既然是"晚来"，天不就是黑的吗？短短的四句话，二十个字，就包含了四种颜色，真是精彩。在这四种颜色里，黑和白都是冬天的颜色，是肃杀的，萧瑟的。可是，绿和红就不一样了，我们常说花红柳绿，绿和红，那是生命的颜色，是希望的颜色。这样一搭配，你就能感觉到寒冷中的温暖，仿佛冬天里的春天一样。看到这些色彩，我们的眼睛都亮了，我们的心都要打开了。

再来看韵律。"绿蚁新醅酒"，新酿的酒已经倒好了，这是静的。但是，因为酒没有过滤，所以上面浮着一层泡沫，像一群小蚂蚁一样。如今我们倒啤酒，还会看见那层泡沫，这层泡沫会逐渐散去，一个一个的小蚂蚁不见了，这又是动的。"红泥小火炉"也是一样啊，红泥炉本身是静的，但是它生了火，红色的火苗在跳动，这就是动的了。"晚来天欲雪"呢？

暮色苍苍，人回家，鸟归巢，天地都笼罩在一片静谧之中，特别是在冬夜，世界会尤其安静吧？但是天欲雪，说明天还在动，马上，雪花就要飞舞起来了。

"能饮一杯无"呢？这是在邀请朋友啊，朋友也罢，诗人也罢，现在都还在自己的家里，静静地坐着，但是，此时此刻，此情此景，诗人心动了，想朋友了，把酒都摆好了。然后呢？然后他可能让一个小童带着诗，也就是邀请函，去不远处的朋友家。可想而知，朋友接到这么一个邀请，一定会来吧！哪怕在这个过程中，雪已经下起来了，朋友也会踏雪而来。每一句都是动与静的结合，这是多么美妙的韵律呀。

一首真正的好诗，不能只有颜色和韵律。更重要的是什么？是情感。喝酒的情感。白居易的酒和唐朝其他诗人的酒不一样。唐朝的诗人大多豪饮，这是大家都知道的，最著名的是李白，号称"天子呼来不上船，自称臣是酒中仙"，现在的酒楼，还经常挂"太白遗风"的招牌。

李白喝的是什么酒？他自己说了，"五花马，千金裘，呼儿将出换美酒，与尔同销万古愁"，他还说"金樽清酒斗十千，玉盘珍羞直万钱"。李白是个有豪气的人，他的朋友也都豪气干云，不惜一掷千金，所以，他的酒是清酒，过滤过的酒，是值钱的酒，喝多了，钱带得不够，得拿五花马、千金裘去换，三品大员贺知章不是还用金龟给李白换过酒吗？所以，李白的酒

晚来天欲雪，能饮一杯无？

是豪酒。

杜甫就不一样了。杜甫其实也爱喝酒，有人统计过，在杜甫的诗里，提到酒的频率比李白还高。他怎么喝酒呢？杜甫自己说："酒债寻常行处有，人生七十古来稀。"李白是别人用金龟换酒，杜甫是自己借债买酒。"人生七十古来稀"，年纪老大，一事无成，志向没有实现，这是喝的闷酒。

白居易呢？白居易喝闲酒。"绿蚁新醅酒"，他的酒，可能就是自家酿的，也没有过滤，是品质不高的浊酒，所以泛着绿色泡沫。他喝酒的地方，既不是李白的大酒楼，也不是杜甫的小酒馆，他就在自己家里，对着一个小火炉喝酒。谁来跟他喝酒呢？既不会像李白那样，招些一掷千金的达官贵人，在他们面前逞意气，出风头；也不会像杜甫那样，自己一个人感时伤世，忧国忧民，喝闷酒。白居易就是在想喝酒的时候，随便叫一个住得近的朋友，这个朋友不需要多有钱，也不需要多有名，甚至，也不需要多有才，他可能只是一个跟白居易年纪相仿、情趣相投的老头儿，两个人都没什么事，就一起喝喝酒，聊聊天，这是多么闲适的生活，多么闲适的情调呀。

为什么喝闲酒，有闲情？要知道，白居易是中唐的诗人。安史之乱结束了，唐朝已经走过了盛世。所以，他不像李白那样豪迈，总觉得"天生我材必有用，千金散尽还复来"。也不像杜甫那样伟大，总想着"安得广厦千万间，大庇天下寒士俱欢颜"。他是个好官，经常为老百姓着想，他也提倡新乐府运动，想要用诗来反映现实，改良社会。但与此同时，白居易也想过自己的小日子，他建别墅，修园林，买歌儿舞女，要在自己的小天地做一个心满意足的富家翁。他是这样，他的朋友也是这样。这首诗里的刘十九也罢，历史上大名鼎鼎的香山九老也罢，恐怕都和白居易有着共同的心境。

有人说，白居易的诗俗，境界没有那么高。但是，生活本来就是平淡的，在平淡的生活中，享受一点儿摸得着、看得见的小快乐，享受一种悠然自得的小心情，绝对不是一件坏事。人生有很多风雪需要面对，我们何妨先温一杯浊酒挡挡寒气，毕竟，温暖本身就是一种力量。

杨炯《从军行》

　　很多人不知道，小寒才是一年之中最冷的日子，冷的程度，甚至超过了大寒。长安城里滴水成冰，只要有可能，任谁都愿意躲在家里，围炉向火吧？可是，自有人类，就有战争，有需要保卫的家园，有慷慨出征的男儿。何况，唐朝又是那么一个崇尚边功的时代！有学者统计过，唐朝以前的边塞诗，现存不足二百首，而唐朝的边塞诗，现存超过两千首。这就是时代的精神。

　　在唐朝的边塞诗中，风雪是非常经典的意象，正是边疆的风雪严寒，才凸显出战士的无畏与豪迈。跟大家分享杨炯的《从军行》，让我们一起看看边塞大雪中的豪情，看看从初唐就开始长养的大唐气象。

从军行①

杨炯

烽火②照西京③，心中自不平。

牙璋④辞凤阙⑤，铁骑绕龙城⑥。

雪暗凋⑦旗画，风多杂鼓声。

宁为百夫长⑧，胜作一书生。

---

① 从军行：为乐府《相和歌·平调曲》旧题，多写军旅生活。

② 烽火：古代边防告急的烟火。

③ 西京：长安。

④ 牙璋：古代发兵所用之兵符，分为两块，相合处呈牙状，朝廷和主帅各执其半。指代奉命出征的将帅。

⑤ 凤阙：阙名。汉建章宫的圆阙上有金凤，故以凤阙指皇宫。

⑥ 龙城：又称龙庭，在今蒙古国鄂尔浑河的东岸。汉时匈奴的要地。汉武帝派卫青出击匈奴，曾在此获胜。这里指塞外敌方据点。

⑦ 凋：原意指草木枯败凋零，此指失去了鲜艳的色彩。

⑧ 百夫长：一百个士兵的头目，泛指下级军官。

《从军行》本来是乐府旧题，写军旅生活。但是，杨炯这首诗却不是乐府古体，而是一首标准的五言律诗。律诗又叫沈宋体，到武则天后期才基本定型，而杨炯是唐高宗时代的人，早于武则天时代，却已经能够写出这样成熟的五言律诗，真是非常了不起。但是，这首诗最了不起的地方还不在于格律的严整，而在于内容的雄壮。

杨炯是初唐四杰之一，所谓初唐四杰，是王勃、杨炯、卢照邻、骆宾王四位。这四个人诗风不同，但是，都反对浮华艳丽的宫体诗，也反对上官婉儿的爷爷——宰相上官仪所倡导的典雅空洞的上官体，主张刚健骨气。他们通过自己的创作，把诗歌从宫廷转到了市井，从台阁移向了边塞，给唐诗奠定了一个雄浑阔达的基调。杨炯这首《从军行》，正是这种浑厚之气的典型代表。他怎么写的呢？

先看首联："烽火照西京，心中自不平。"这一联诗，起得就头角峥嵘。峥嵘在哪里？在烽火和西京的奇妙组合。众所周知，烽火就是古代边防告急的烟火，而西京呢，则是唐朝的首都。唐朝有东西两个都城，东京在洛阳，西京在长安。长安作为西京，本来应该是最安全的地方，现在，却被战争的烽火照亮，这是何等紧急的军情！"天下兴亡，匹夫有责"，虽然是很

日暮苍山远，天寒白屋贫。

晚的说法，但忧国忧民的情怀却一直激荡在中国人心中。首都告急，壮士的内心岂能平静！这就是"烽火照西京，心中自不平"。内心不平，又能怎样呢？

看颔联："牙璋辞凤阙，铁骑绕龙城。"荀子说："坐而言，不如起而行。"既然内心不平，就要投军报国。投军报国应该怎么表现呢？诗人没写"昨夜见军帖，可汗大点兵"，也没写"车辚辚，马萧萧，行人弓箭各在腰"。所有这些战争之前的准备一律略过，他直接就给出了一个经典的出征场景："牙璋辞凤阙，铁骑绕龙城。"这一联写得真有气象。"牙璋"对"铁骑"，"凤阙"对"龙城"，"辞"对"绕"，对仗非常工整。而且，不光是两句诗彼此对仗，在一句诗之内，"牙璋"和"凤阙"，"铁骑"和"龙城"，也一一对应。

所谓"牙璋"，在古代是发兵的兵符，皇帝一半，将军一半，调兵遣将的时候，两半牙璋要咬合在一起，才能生效。既然牙璋是将军的信物，当然可以代指将军。而"凤阙"，是汉朝的宫阙，当然可以代指京城，代指皇帝。我们之前讲王维的诗，不是就有"云里帝城双凤阙"吗？这样一来，所谓"牙璋辞凤阙"，就是将军提兵辞别皇帝，奔赴战场。这个意思并不复杂，但是，以"牙璋"对"凤阙"，显得格外高贵、典雅，一下子就把官军出师的气象渲染得非常庄严。那"铁骑绕龙城"呢？所谓龙城，是古代匈奴的祭天之处，当年汉武帝时，卫青出击匈奴，直捣龙城，所以历来都以龙城来代指少数民族的牙帐。沈佺期不是也写过"谁能将旗鼓，一为取龙城"吗？这样一来，所谓"铁骑绕龙城"，也就是说，官军已经把敌人包围得水泄不通。一个"绕"字，尽显合围之势。如果说"牙璋辞凤阙"是庄严，那么，"铁骑绕龙城"，又是何等威猛！

颔联从开拔写到合围，非常紧凑，颈联该写打仗了。怎么写呢？"雪暗凋旗画，风多杂鼓声。"这两句诗很漂亮。漂亮在哪儿呢？它是在写打仗，但是并没有写白刃鲜血，正面格斗，而是荡开一笔，用战场的景致来表现战斗。军旗和战鼓，本来就是两种最有代表性的战场象征。旗是给人看的，所以前一句"雪暗凋旗画"是视觉效果，大雪纷飞，遮天蔽日，让军旗上的彩画都黯然失色；而鼓是给人听的，所以后一句"风多杂鼓声"是听觉效果，北风呼啸，风声满耳，中间夹杂着咚咚的战鼓之声。要知道，中国古代的规矩是击鼓进兵，鸣金收兵，所以才会有"一鼓作气"这样的成语。既然风声中夹杂着鼓声，就说明士兵们在冒着风雪进攻。大雪之中，旗帜就算暗淡，仍然是方向；大风之中，鼓声就算微弱，依旧是动力。环境的恶劣，不更凸显出战士们壮怀激烈，舍生忘死的豪情吗？"雪暗凋旗画，风多杂鼓声"，根本没正面写战斗，但是将士的神采却已经跃然纸上。

正是被这样舍生忘死的精神感染，尾联自然而然地就出来了："宁为百夫长，胜作一书生！"这一联对得真好。本来律诗的尾联可对可不对，但是，杨炯选择了一对到底，用"百夫长"对"一书生"，对得工整巧妙。所谓"百夫长"，就是下级军官，这不是人们会羡慕的职位。但是，大敌当前，诗人宁可战死沙场，也不愿终老书斋，这才是百夫长胜过一书生的原因。祖咏说："少小虽非投笔吏，论功还欲请长缨。"杨炯说："宁为百夫长，胜作一书生。"唐朝大量的边塞诗，还有边塞诗中的豪气干云之志，拳拳报国之心，本来就是盛唐成为盛唐的重要理由，让人千载之下，仍然会心生感慨。书生报国，投笔从戎，这不正是让人激动不已的盛唐之音吗？

这样的尾联，收得雄壮豪迈，充满着英雄主义精神，虽然浅近，却并不浅陋，让整首诗神完气足，气壮山河。明朝人陆时雍写《诗镜总论》，评价初唐四杰说："王勃高华，杨炯雄厚，照邻清藻，宾王坦易。"就以这首诗而言，杨炯确实当得起"雄厚"二字。

岑参《走马川行奉送封大夫出师西征》

大寒是二十四节气中最后一个节气。天气已经冷到无以复加的地步，人们甚至都渐渐地习惯了冷，不会像刚刚入冬，或者刚刚数九的时候，感觉那么敏锐了。就像边塞一样。中原人心中遥远的边塞，不正是边塞人生于斯，长于斯的家园吗？对他们来说，黄沙和白雪，骏马和狂风本来就是生活的一部分，司空见惯。但是，同样的情景，却会激起中原的诗人无穷的感慨，让他们大惊小怪，让他们瞠目结舌，进而激活他们最瑰丽的想象、最充沛的豪情，然后，诞生最神奇的诗篇。下面我来跟大家分享岑参的《走马川行奉送封大夫出师西征》。

走马川行①奉送封大夫②出师西征③

岑参

君不见走马川行雪海④边，平沙莽莽黄入天。

轮台⑤九月风夜吼，一川碎石大如斗，随风满地石乱走。

匈奴⑥草黄马正肥，金山⑦西见烟尘飞，汉家⑧大将西出师。

将军金甲夜不脱，半夜军行戈相拨⑨，风头如刀面如割。

马毛带雪汗气蒸，五花连钱旋作冰，幕中草檄⑩砚水凝。

虏骑闻之应胆慑，料知短兵⑪不敢接，车师⑫西门伫⑬献捷。

---

① 行：诗歌的一种体裁。

② 封大夫：封常清，唐朝将领，蒲州猗氏人，以军功擢安西副大都护、安西四镇节度副大使、知节度事，后又升任北庭都护，持节安西节度使。

③ 西征：一般认为是出征播仙。

④ 雪海：在天山主峰与伊塞克湖之间。

⑤ 轮台：地名，在今新疆米泉境内。

⑥ 匈奴：泛指西域游牧民族。

⑦ 金山：指今新疆乌鲁木齐东面的博格达山。

⑧ 汉家：唐代诗人多以汉代唐。

⑨ 戈相拨：兵器互相撞击。

⑩ 草檄 (xí)：起草讨伐敌军的文告。

⑪ 短兵：指刀剑一类武器。

⑫ 车师：为唐北庭都护府治所庭州，今新疆乌鲁木齐东北。

⑬ 伫：久立，此处作等待解。

《走马川行奉送封大夫出师西征》，这个题目可以分为两部分。一部分是"走马川行"，另一部分是"奉送封大夫出师西征"。"行"字代表着歌行体，是从汉魏六朝乐府的基础上衍变而来的一种古体诗，音节格律都自由流畅，给人一种放言长歌、行云流水的感觉。所谓走马川行，也就是走马川放歌。

再看第二部分"奉送封大夫出师西征"。封大夫，是指唐朝西域名将封常清，因为官封御史大夫，所以官称封大夫。此人一生经历非常传奇。他原本是蒲州人，也就是现在的山西人，从小父母双亡，由外祖父抚养。可是，外祖父又犯了罪，被流放到安西充军，守卫胡城的南门。这个地方在今天的哈萨克斯坦，所以，封常清其实就在西域长大。问题是，此人虽然生长在胡地，却又没长成胡人一样结实的身板。

按照史书记载，封常清又瘦又小，一只眼睛有毛病，还跛脚。这样的人在尚武的边地本来很难生存，封常清只好发挥自己头脑的优势，软磨硬泡，好不容易才到当时的安西四镇都知兵马使高仙芝手下当了一个小参谋，一点儿都不受重视。可是，有一次高仙芝出征，封常清在幕府之中悄悄写好了告捷文书，把高仙芝怎么谋、怎么打、何时停、何时走都写得清清楚楚，比高仙芝自己讲得还明白。而且，仗刚一打完，捷报已经写好，高仙芝还因此被上级大大地表扬了一番。从此之后，封常清脱颖而出，一直当到了安西四镇节度使兼北庭都护。

这是多么励志的逆袭故事啊，正对了诗人岑参的胃口。岑参本来出身官僚世家，是唐初宰相岑文本的曾孙。但是，到他这一辈，家族早已落魄。岑参很小就成了孤儿，由哥哥抚养长大。虽然从小号称神童，但直到将近三十岁才考中进士，此后也一直仕途蹭蹬。毫无疑问，封常清的人生传奇对岑参这样渴望建功立业、重振家声的文人相当有吸引力。所以，天宝十三载（754），岑参有机会进入封常清的幕府，给封常清当判官，真有点儿粉丝见偶像的感觉，内心相当激动。此刻，封常清要出师西征，作为下属的岑参写诗送行，这样的诗应该怎么写呢？

先看前两句："君不见走马川行雪海边，平沙莽莽黄入天。"还记得李白的"君不见黄河之水天上来，奔流到海不复回"吗？一样的句式。只不过李白写的是滚滚黄河，而岑参写的是漫漫黄沙罢了。那走马川究竟在哪儿？一般认为，走马川也叫左末河，就是今天新疆的车尔臣河，而雪海则在天山主峰与伊塞克湖之间，因为常年积雪，所以叫雪海。问题是，车尔臣河在塔里木盆地南边，而天山在塔里木盆地北边，雪海当

千里黄云白日曛，北风吹雁雪纷纷。

然更靠北。这样一来，走马川和雪海的距离差不多有一千公里，无论如何，也不能说沿着走马川，走到雪海边。那么，"走马川行雪海边"应该怎么理解呢？

有两种可能。第一种，这句诗讲的是一个相当广阔的空间范围，从天山以北的雪海一直到天山以南的走马川，这就是封大夫纵横驰骋的千里疆场。事实上，这次封常清西征的目的地就在左末河附近。所谓"走马川行雪海边"，就是朝着走马川，走在雪海边，这就好比"城阙辅三秦，风烟望五津"，涵盖了封大夫从出发地到目的地的广袤空间。第二种，是说走马川并不是左末河，而是雪海旁边的一道河沟，或者一道平川。这样一来，所谓"走马川行雪海边"就是走马川蜿蜒在雪海的旁边。到底哪个对呢？

我个人倾向于第二种。因为下面还有"一川碎石大如斗"，显然，这应该是诗人眼中的实景呈现，而不是遥想千里之外。不过，还是那句话，诗无达诂，而且，对诗的理解不能太过实在，走马川也好，雪海边也好，乃至诗中提到的轮台、金山，都只是西域沙漠绝壁上的坐标，并不是诗人写作的重点，也不是我们追踪的重点。那什么才是重点呢？重点在第二句，"平沙莽莽黄入天"。为什么"平沙莽莽黄入天"？因为浩瀚的塔克拉玛干沙漠，更因为沙漠上的猎猎长风。一望无际的沙海上，狂风呼啸，大风把黄沙卷到天上，有如一条黄龙，遮天蔽日。这已经是非常有震撼力的景象了，接下来呢？

接下来三句："轮台九月风夜吼，一川碎石大如斗，随风满地石乱走。"这是从白天写到夜晚，从风色写到风声，从天上写到地下了。深秋之夜，颜色看不到了，这个时候，声音登场了。什么样的声音呢？"轮台九月风夜吼"，一个"吼"字，何等狂暴，何等惊心动魄呀。怒吼的狂风把斗大的碎石都卷了起来，让它们随着风势满地乱滚，这样的力量，该是何等恐怖！天上平沙漫漫，地下飞沙走石，这不是像"大漠孤烟直，长河落日圆"那样的风景画，这是一个狰狞的、能够吃人的沙漠。

最酷烈的环境也长养了最凶恶的敌人，接下来三句，敌人登场了。"匈奴草黄马正肥，金山西见烟尘飞，汉家大将西出师。"这里的匈奴显然是泛称，代指当时的西域诸部。秋天一向是游牧民族南下的大好时机，此刻，马吃了一夏天的草，养得膘肥体壮，他们正扬鞭策马，滚滚而来。金山，也就是如今新疆的博格达山以西，腾起了一片烟尘。烟尘就是警报，强敌进犯，唐朝的将军岂能坐视不管！封将军顶着狂风，率军出征了。一句"汉家大将西出师"，以汉比唐，写得雍容大气，一下子，封大将军英勇无畏、为国解忧的形象跃然纸上。

那么，封将军的军队是怎样的呢？下三句："将军金甲夜不脱，半夜军行戈相拨，风头如刀面如割。"这三句，写夜间行军的样子，真肃穆，真昂扬。"将军金甲夜不脱"，这是将军以身作则，马不停蹄；"半夜军行戈相拨"，这是在描写军队衔枚疾进，悄无声息，只听见兵器相互碰撞发出的轻微声响。这是何等严整的军容！写到这里，再补一句"风头如刀面如割"，既呼应着前面对大风的描写，又凸显出将士们的坚韧与顽强，真是绘声绘色，让人如临其境。这还不够，更神奇的还在后面。

看下三句："马毛带雪汗气蒸，五花连钱旋作冰，幕中草檄砚水凝。"这是从人写到马了。还记得岑参的另一首诗《白雪歌送武判官归京》吗？劈头一句就是"北风卷地白草折，胡天八月即飞雪"。此时已是九月，是不是片片飞雪从天而降，落在马背上了呢？我觉得未必如此。所谓马毛带雪，是说战马驰骋，汗水蒸腾。可是，天又那么冷，汗刚一出来就结成了霜，看起来像雪一样。我们小的时候，冬天骑自行车上学就是这个样子，从自行车上下来，眉毛和头发都带着一层霜，换到马身上，不就是"马毛带雪汗气蒸"吗？那"五花连钱旋作冰"呢？所谓"五花连钱"，是指把马的鬃毛剪出五个花瓣，也是宝马的代名词。李白不是说过"五花马，千金裘，呼儿将出换美酒"吗？经过这样反复的冷热交替，很快，马的鬃毛上就结成了一层冰壳。

将军写到了，战士写到了，战马也写到了，他们都在寒风中奋力前行。接下来，诗人自己出场了："幕中草檄砚水凝。"原来，身在幕府的诗人也没闲着，他正在起草檄文呢。可是，天太冷了，连砚台里的墨水都冻住了。前方行军固然辛苦，后方的幕府也不容易，人也罢，马也罢，都在寒风中受苦，但是，整首诗却看不出一丝苦涩。相反，艰苦卓绝的环境正反衬着这支军队精神的昂扬，真是一支铁军。

这样一来，最后三句也就顺理成章了："虏骑闻之应胆慑，料知短兵不敢接，车师西门伫献捷。"这样英勇的军队出师，敌人当然会闻风丧胆，落荒而逃，所以，我就在幕府所在地的车师西门遥遥伫望，等着将军的捷报吧！写到打仗没有？完全没有，只写了出师，就戛然而止，收得干净利落。是不是有一点儿像卢纶的《塞下曲》？"月黑雁飞高，单于夜遁逃。欲将轻骑逐，大雪满弓刀。"也是只写出征，就戛然而止。但是，因为把军队的精气神写足了，所以，谁都不怀疑，胜利一定属于他们。

通篇看下来，这首诗好在哪儿？最大的好处，一个是写景奇异，一个是音调铿锵。看到"一川碎石大如斗，随风满地石乱走"，谁不觉得毛骨悚然？看到"马毛带雪汗气蒸，五花连钱旋作冰"，谁不觉得不可思议？可是，你仔细推敲，又会觉得确实如此，进而产生身临其境之感，这就是所谓"奇而入理"。再说音调铿锵，这首诗最独特的地方，就是三句一小结，三句一转韵，而在每一个小结之内，则是句句都押韵。这样一来，节奏就特别铿锵，声调也特别激越，你只需把它读出来，就好像听着进行曲，踩着行军的鼓点儿一般，自然而然地被诗人所带动。

岑参为什么能写出这样的好诗？两个原因最重要。一个原因，他真的见过这么神奇的景色。岑参两次远赴西北边陲，随着军队一路走到中亚，他见过太多别人没见过的东西，他的边塞是真的边塞，是活的边塞；另一个原因，他的性格真像个年轻人。他是那么好奇，看到狂风也好，大雪也好，第一反应永远不是恐惧，而是兴奋。正是这样的眼界和这样的心情，让他写出了唐朝最为奇丽豪迈的边塞诗，这首《走马川行奉送封大夫出师西征》和另一首《白雪歌送武判官归京》，一个写风，一个写雪，鬼斧神工，堪称双璧。若论寒冷，轮台的九月应该一点儿也不亚于中原的大寒时节，我们就用这首诗，给寒冷中的人们鼓劲儿吧！

王湾《次北固山下》

春节可以是属于冬天的最后一个节日，也可以是属于春天的第一个节日。到底算到哪一边，取决于这一年立春的时间。有的年份，立春在年前，那么春节就属于春天；而有的年份，立春在年后，那么，春节就属于冬天。但无论如何，到了春节，离春天就不远了，每根枝条都舒展着春的力量，每个人心里都洋溢着融融的春意。

我小的时候，最喜欢沿街看各家贴的春联。有的是"又是一年芳草绿，依然十里杏花红"，有的是"时雨点红桃千树，春风吹绿柳万条"。其实，在我的家乡，春节还是天寒地冻呢，哪里有什么芳草绿柳，桃花杏花！但是不要紧，春节到了，春天还会远吗？下面我就跟大家分享盛唐诗人王湾的《次北固山下》，看看洛阳人王湾眼里的春节。

次①北固山②下

王湾

客路③青山④外，行舟绿水前。

潮平两岸阔，风正一帆悬。

海日⑤生⑥残夜⑦，江春入旧年。

乡书何处达？归雁洛阳边。

---

① 次：旅途中暂时停宿，这里是停泊的意思。

② 北固山：在今江苏镇江北，三面临水，倚长江而立。

③ 客路：行客前进的路。

④ 青山：指北固山。

⑤ 海日：海上的旭日。

⑥ 生：升起。

⑦ 残夜：夜将尽之时。

唐朝有很多诗，都是后来才有名气的。比如李白的《静夜思》："举头望明月，低头思故乡。"如今算是李白知名度最高的诗了，当时的人们却认为这两句不及"却下水晶帘，玲珑望秋月"。很多诗人，也都是后来才得到历史认可，比如杜甫。当时是"朝扣富儿门，暮随肥马尘"，到了中唐以后才赢得"李杜文章在，光焰万丈长"的名声。但是，王湾和这首《次北固山下》不一样。

王湾在他生活的年代就"词翰早著"，当过昭文馆学士，负责整理历朝历代的图书。这首《次北固山下》更是大名鼎鼎，尤其是其中的颈联——"海日生残夜，江春入旧年"，直接被当朝宰相，也是文坛领袖张说悬挂在了宰相"办公机构"政事堂上，成为天下文章的楷模。我们讲唐朝才子受知于权贵，一般爱讲贺知章夸李白为谪仙人的故事，其实，若论官品，贺知章不如张说；若论夸赞的场合，则贺知章属于私下，而张说却是明公正道，大张旗鼓。两相比较，都是王湾的风头更胜了一筹。这首诗为什么如此受人推崇？因为它天然地代表了盛唐气象，让人一吟之下，口角生风，自有一种雄浑壮阔而又开朗明媚的时代气息扑面而来。

为什么这么说呢？先看题目《次北固山下》。次是停泊的意思，北固山在镇江东侧，横枕长江，是当年三国时期孙吴故地，上演过很多英雄美人的传奇故事，号称"天下第一江山"。说到这里，可能有人立刻会想，这是怀古咏史诗的好由头啊。辛弃疾那首著名的《永遇乐·京口北固亭怀古》不就是在这儿写的吗？没错，不光辛弃疾，一般有点儿文化的人停船北固山，都免不了要怀怀古，抒发一下兴亡之叹。可王湾呢，根本没理这回事。他写什么呢？

先看首联："客路青山外，行舟绿水前。"我们之前讲过，所谓律诗，中间的颈联、颔联是两副对子，首联和尾联不必对仗。但这首诗不然，"客路"对"行舟"，"青山"对"绿水"，首联就是一副工整而秀丽的对子。所谓"客路"，当然是诗人要去的路，"青山"，则是题目中的北固山。诗人乘着小船，盯着前面的青山，沿着眼前的绿水前进。但是，毫无疑问，他要去的地方，还在青山之外的更远处。这就是"客路青山外，行舟绿水前"。不算特别新奇，但对于行旅诗而言，却是难得的欢快。为什么呀？因为"青山""绿水"这两个词太有美感了，走在这样的地方，和走在黄沙万里白草枯的地方，心情岂能一样？眼看着青山绿水迎面而来，虽然羁旅在外，但诗人的心情却是明媚的。这是一个大全景，也是整首诗的一个基调。

颔联写什么呢?"潮平两岸阔,风正一帆悬。"诗人走水路,所以目光专注于水上。江水浩渺,仿佛和江岸齐平,看起来格外开阔,这是横向的景色。风和日丽,一叶船帆高高挂起,和江面垂直,这是纵向的景色。这一横一纵的景象真开阔,真宁静,已经很美了,但还不够,还有更耐人寻味的地方。什么呢?潮平的"平"字和风正的"正"字。诗人走的是长江。长江之上,也有长风大浪,急流险滩。李白《横江词》说得好:"人道横江好,侬道横江恶。一风三日吹倒山,白浪高于瓦官阁。"

如果是这种情况,那就绝无可能看到"潮平两岸阔,风正一帆悬"的景象。但是,王湾走的这段江面不一样,这里是长江下游,本来水面就宽,再加上水平如镜,波澜不惊,才更显得江面开阔,视野宽广。这就是"潮平两岸阔",写得恢宏大气。那"风正一帆悬"又怎么理解呢?我们今天给人送行,常常会说一路顺风。既然如此,风正是不是就意味着风顺呢?又不全是。所谓风正,不仅仅意味着风顺,更意味着风和。为什么?因为风如果只顺而不柔,那么,船帆就会被吹成一张弓,显得剑拔弩张。但是,如果风顺而和呢?那么船帆就不必张开,只需静静地垂在那里,这才是"风正一帆悬",显得从容不迫。

恢宏大气也罢,从容不迫也罢,不都是拜"潮平""风正"

所赐吗？这是从自然的角度理解。问题是，这一联诗真的只是在讲自然景色吗？又不尽然，它也可以暗示着唐玄宗统治下的社会局面。如果这样理解的话，那么，所谓"潮平""风正"，又何尝不可以暗示当时政通人和的政治气氛和政治风貌呢！王夫之《姜斋诗话》说，这句诗的妙处是"以小景传大景之神"，仔细想来，诚哉斯言。

颔联写得如此精彩了，颈联怎么接呢？"海日生残夜，江春入旧年。"残夜未消，一轮红日已从海面冉冉升起；旧年未尽，春意已然姗姗来到江边。这一联真不愧是千古佳句。好在哪里？第一，时序感强。我们之前看青山绿水，看潮平风正，总觉得是白天，是春天吧？但是，看到"海日生残夜，江春入旧年"才意识到，这不是白天，这是黎明；这也不是春天，而是岁末呀。可是，在我们北方人的印象里，岁末的黎明，应该既阴冷又肃杀，怎么诗人会写得如此明媚呢？因为王湾虽然是洛阳人，但他当时却并未在家，而是漫游在吴越之间。他看到的，恰是唐代的江南。

江南春早，少年心热，这两个因素凑到一起，才会让诗人夜不能寐，天不亮就开始了新的航程，这才能看到"海日生残夜"，也就在这越走越亮的过程中，他感觉到湿漉漉的江风吹在脸上，看到江岸的垂柳露出了鹅黄，明明还是岁末，但春天已经在萌动之中，这就是"江春入旧年"。我们一般很少会这样形容岁末吧？所以这一联是意料之外。但是仔细想想，又在情理之中，江南春晓，恐怕还真就是这个样子。既在意料之外，又在情理之中，让这个季节转换的时节显得特别动人，这是时序感。

光时序感强还不够，这一联诗，更妙的是意象好。此刻已经是年末了，王湾却还在长江上漂泊，一般人在这个时候，难免生出一番哀愁。比如崔涂的《除夜》"迢递三巴路，羁危万里身。乱山残雪夜，孤烛异乡人"，或者戴叔伦的"旅馆谁相问，寒灯独可亲。一年将尽夜，万里未归人"。"每逢佳节倍思亲"，本来也是人生常态。可是王湾却一反此道，并未沉浸在漂泊的情绪之中，而是看到了一种伟大的自然力量，夜去明来，冬尽春回，这是多么令人喜悦，令人鼓舞啊。因为这种振奋的基调，他把令他震撼的伟大力量做成了主语，放到了句子的最前面。这伟大的力量是什么呢？"海日"和"江春"。在辽阔的海天之间，一轮红日喷薄而出，势不可当，它生于暗夜，却即将驱散黑暗；在浩荡的江水两岸，春意正如春水般暗暗涌动，一发不收，它闯入旧年，又即将取代旧年。这一个"生"字，一个"人"字，都是拟人化的写法，它显得有点儿粗暴，却又那么有力量。

这真的只是在写太阳和春天吗？又不是，这还是朝气蓬勃的少年之心，更是呼之欲出的大唐盛世啊！它如此高明，却又如此浑厚，如此鲜活。难怪一代文宗、一代贤相张说会把它挂在政事堂上，还有什么比它更能代表盛唐气象呢！

首联明丽工整，颔联开阔宁静，颈联雄壮生动，理趣盎然，每一联都无可挑剔，怎么结尾呢？"乡书何处达？归雁洛阳边。"本来，诗人放舟于青山绿水之间，沉醉于壮丽的江南春晓中，他的内心是开朗而明快的。可正在这时，一排大雁掠过晴空。春天到了，大雁都北归了，自己这不安分的游子，是不是也该回家了呢？一缕淡淡的乡愁，也随着大雁一起掠过了少年诗人的心头。北归的大雁，一定会经过他的家乡洛阳吧。他想到了鸿雁传书的故事，于是尾联也就脱口而出了："乡书何处达？归雁洛阳边。"

我在这大江之上，怎么才能把家书捎给亲人呢？北归的大雁啊，就请你们在路过我的家乡洛阳时，替我报一声平安吧！尾联一派抒情，笼罩着一层薄薄的乡愁，同时呼应了首联的"客路青山外，行舟绿水前"，收得干净漂亮。这乡愁是真实存在的，却并不沉重，它带着少年的轻快，带着江南的春意，更带着时代的蓬勃。让人忍不住会想，假使他在洛阳的亲人真的收到了他这首诗，会怎样呢？会不会也豪兴大发，乃至追随着他的脚步，"烟花三月下扬州"呢？

一个伟大的时代，一个得意的少年，一条壮阔的大江，一个萌动的春天，天时地利人和聚在一起，才有了这首朝气蓬勃、不可复制的壮丽诗篇。我希望它能代表我对新春的祝愿，对新时代的祝愿，陪伴大家过年。

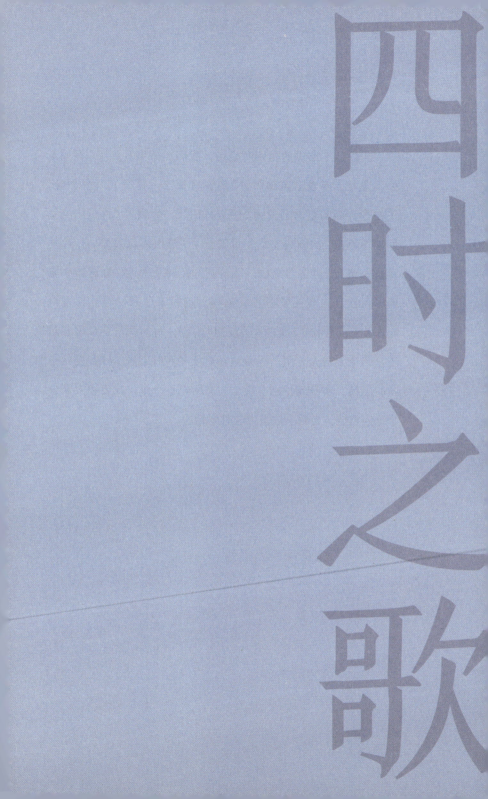

我们这本书讲的是四时之诗，我们在诗里看到了"春城无处不飞花，寒食东风御柳斜"的春日长安，看到了"漠漠水田飞白鹭，阴阴夏木啭黄鹂"的夏日田园，看到了"竹喧归浣女，莲动下渔舟"的秋日空山，也看到了"燕山雪花大如席，片片吹落轩辕台"的冬日北国。花落花开，四季就这样在唐诗中轮回了一次。可我还觉得意犹未尽。刚好李白有一组五言古诗，叫作《子夜吴歌》，又叫《子夜四时歌》，写的就是春夏秋冬四季。一个大诗人，用一组诗写春夏秋冬四时之景，抒春夏秋冬四时之情，本身就特别有吸引力。所以这一章，我要和大家分享这四首诗，看看李白眼中的时序轮回。

李白《子夜吴歌·春歌》

　　在讲这首诗之前，先得说说《子夜吴歌》是怎么回事。《子夜吴歌》最早叫《子夜歌》，相传是晋朝一位名叫子夜的女郎所创之调，声调比较哀愁。有曲子自然要填词，所以后来又发展成了一种五言四句的小诗，专门吟咏男女爱情。这些小诗被收进六朝乐府之中，因为属于吴音，所以称为《子夜吴歌》。这些歌谣出自民间，带着江南水乡特有的灵秀之气，写得既质朴，又动人，号称："歌谣数百种，子夜最可怜。慷慨吐清音，明转出天然。"人们都学都用，后来就形成了多种变体。

　　其中有一种变体就叫《子夜四时歌》，按春夏秋冬四季，写四时之景，抒四时之情。在唐朝的诗人里，李白是借鉴民歌的高手，不仅能学习，更能创新。他这一组《子夜吴歌》，其实就是南朝的《子夜四时歌》的继承和提升。他是怎么写的呢？让我们一起来欣赏一下吧！

子夜吴歌 · 春歌

李白

秦地^①罗敷女，采桑绿水边。

素手青条上，红妆白日鲜。

蚕饥妾^②欲去，五马^③莫留连。

① 秦地：指今陕西省关中地区。

② 妾：古代女子自称的谦辞。

③ 五马：《汉官仪》记载"四马载车，此常礼也，惟太守出，则增一马"，故称五马。
这里指达官贵人。

先看前两句："秦地罗敷女，采桑绿水边。"大家一看这句就明白了，这是对汉乐府《陌上桑》的再创造，写秦罗敷的故事。写春天，为什么不讲别的，单要写《陌上桑》的故事？因为采桑本来在古代就是女子的工作，又是最富有春天气息的工作。《诗经·豳风·七月》不是说"春日载阳，有鸣仓庚。女执懿筐，遵彼微行，爱求柔桑"吗？采桑是女子之事，符合《子夜吴歌》写女子的传统。采桑又是春天的活动，符合春歌的要求，自然就拿它来起兴了。

这个故事，《陌上桑》原文是怎么写的？"日出东南隅，照我秦氏楼。秦氏有好女，自名为罗敷。罗敷喜蚕桑，采桑城南隅。"这样六句诗，被李白约化成了两句："秦地罗敷女，采桑绿水边。"是约化好还是铺陈好？这可不能一概而论。但是，李白这个约化特别成功。成功在哪里？在"绿水"两个字。本来，在《陌上桑》中，罗敷是"采桑城南隅"。城南隅仅仅是个方位，但"绿水"就不一样了，"绿水"是什么？"绿水"是颜色，是春天的气息。试想一下，一位红颜少女，在绿水之滨，采摘着桑叶，多么美好，又是多么富有青春气息！一下子就把人带入了一个诗情画意的境界。

开头两句引出主人公秦罗敷采桑的故事，接下来怎么写呢？

"素手青条上，红妆白日鲜。"这是进一步在刻画秦罗敷的美了。按照《陌上桑》的原文，是"青丝为笼系，桂枝为笼钩。头上倭堕髻，耳中明月珠。缃绮为下裙，紫绮为上襦（rú）"。从手里拿的物件，写到头发、首饰，再写到衣着，无一不高级，无一不华美。

那李白怎么写呢？"素手青条上，红妆白日鲜。"这是不是又简化了？简化成一个特写镜头。罗敷正把洁白的手搭在青绿色的桑枝上，她的红妆映着白日，是那么新鲜。减掉了什么？减掉的太多了，提笼、头发、首饰、衣服，所有的细节描写都减掉了，只剩下一个手上的动作，一个衣服的概貌。问题是，经过了这样的剪裁之后，罗敷还美不美呢？还是那么美。

为什么？因为颜色。

看李白的诗，真是让人愉快。他写颜色，真多，真鲜亮。这两句诗有多少种颜色？单从文字看，已经是四种了：素、青、红、白。两句诗出现四种颜色，这相当于什么？相当于杜甫的"两个黄鹂鸣翠柳，一行白鹭上青天"，那不是黄、翠、白、青四种颜色吗？问题是，你仔细想去，这两句诗，十个字之中，包含的颜色其实远不止四种。为什么？素手是白的，青条是青的，红妆是红的，这都没有问题。问题是，白日呢？白日可不是白的，白日还意味着蓝的天、绿的水、金灿灿的阳光。一个

"白日"，就仿佛打了高光一样，所有的颜色都鲜明起来了，所有的动作也都活泼起来了。这样一来，罗敷不用再靠那华贵的倭堕髻、明月珠、缃绮、紫绮，就已经青春逼人、明艳逼人了。

接下来看最后两句："蚕饥妾欲去，五马莫留连。"我的蚕宝宝饿了，我要回家了，你这五马驾车的太守，休要再跟我纠缠了！如果说刚才那句"素手青条上"是写罗敷的动作，这两句就是在写罗敷的语言了。罗敷在干什么？在教训那见色起意，想要调戏她的太守呢。这两句是不是跟原诗差别最大？按照原诗，在讲完罗敷的美貌之后，先要写周边人的反应，"行者见罗敷，下担捋髭须。少年见罗敷，脱帽著帩头。耕者忘其犁，锄者忘其锄。来归相怨怒，但坐观罗敷"。总之是人见人爱，但大家都只是喜欢、赞叹，并没有人上前惹是生非。可是这个时候，太守出现了。"使君从南来，五马立踟蹰。使君遣吏往，问是谁家姝。"太守觉得自己是个大官，小瞧了采桑的民女，大咧咧地就去问人家的来历，想要把人家带回家里，金屋藏娇。

于是就出现了后面那段著名的抢白："使君一何愚！使君自有妇，罗敷自有夫！东方千余骑，夫婿居上头。何用识夫婿？白马从骊驹，青丝系马尾，黄金络马头；腰中鹿卢剑，可值千万余。十五府小吏，二十朝大夫，三十侍中郎，四十专城居。

为人洁白皙，鬑（lián）鬑颇有须。盈盈公府步，冉冉府中趋。坐中数千人，皆言夫婿殊。"什么意思呢？你以为你厉害，我丈夫比你还厉害，我怎么会看上你呢！这么长的一大段内容，到了李白这里，就成了两句诗："蚕饥妾欲去，五马莫留连！"

李白为什么这么改？首先是因体裁不同。《陌上桑》是叙事诗，当然要精雕细琢，让故事完整生动，而《子夜吴歌》是抒情诗，如果按照南朝的写法，只能有四句。李白创新，也只是从四句追加到了六句，不可能大段大段地讲故事，必须进行剪裁、拼接。但这只是其中的一个道理。还有什么道理呢？大家注意，在《陌上桑》的原文中，罗敷拿什么去拒绝使君？她是拿自己的丈夫，说我丈夫比你官还大，比你还厉害。罗敷当然胜利了，可我们忍不住会想，如果罗敷的丈夫没有那么厉害呢？难道就要从了使君不成？可是到了李白这儿，这个问题解决了，"蚕饥妾欲去，五马莫留连"。

所谓五马，就是指太守。因为按照《汉官仪》："四马载车，此常礼也，惟太守出，则增一马。"罗敷说："我的蚕宝宝饿了，我要回去了，你别纠缠我了！"这意味着什么？意味着罗敷对使君最大限度的轻蔑，你在我心目中的分量，还不如我的蚕宝宝，这才是对仗势欺人的使君最大的打击！这样一来，罗敷的高傲形象也就非常饱满了，她不是借助任何外在的力量，而是仅凭自己的内心就发出了这样的声音："蚕饥妾欲去，五马莫留连！"这是采桑女的锋芒，也是青春的锋芒。这锋芒，是何等美丽，何等动人啊！

我们开始说，李白发展了源自六朝乐府的《子夜吴歌》。发展在哪里？除了我们刚刚说过的，把五言四句改成五言六句之外，更重要的，是发展了它的精神。南朝的《春歌》是什么样子呢？举一首梁武帝萧衍的作品吧，"含桃落花日，黄鸟营飞时。君往马已疲，妾去蚕欲饥"。大家一看就明白了吧，李白这"蚕饥妾欲去，五马莫留连"正是从"君往马已疲，妾去蚕欲饥"来的。可是呢，梁武帝笔下的美人并不是秦罗敷，她之所以说出这句话，是因为情人的马累了，她的蚕也饿了，换句话说，他们约会的时间已经很长，该回家了。

这首诗好听不好听？当然好听，而且也清新委婉。但是，不可否认，这故事少了一点儿内容，这美人也少了一点儿精神，少了一点儿力量。而李白的《春歌》，化用了梁武帝这两句诗，又把它嫁接到了秦罗敷身上，这样一来，这两句诗一下子就有了更深邃的内涵，整首诗也因此自有了一种勃勃英气。这是青春的气息，李白的气息，更是盛唐的时代气息。

李白《子夜吴歌·夏歌》

在中国古人的心中，每个季节都有自己独特的风景，每种风景又有自己独特的精神。桑树是春日的象征，春歌就以采桑起兴；荷花是夏天的标志，夏歌就要以采荷花起兴了。写采荷花的好诗很多，比如王昌龄的"荷叶罗裙一色裁，芙蓉向脸两边开。乱入池中看不见，闻歌始觉有人来"。再比如白居易的"菱叶萦波荷飐（zhǎn）风，荷花深处小船通。逢郎欲语低头笑，碧玉搔头落水中"。那么，李白又是怎样写这个主题的呢？下面我就跟大家分享李白的《子夜吴歌·夏歌》。

子夜吴歌·夏歌

李白

镜湖^①三百里，菡萏^②发荷花。

五月西施采，人看隘若耶^③。

回舟不待月，归去越王^④家。

---

① 镜湖：一名鉴湖，在今浙江绍兴东南。

② 菡（hàn）萏（dàn）：荷花的别称。古人称未开的荷花为"菡萏"，即花苞。

③ 若耶（yē）：若耶溪，在今浙江绍兴境内。溪旁旧有浣纱石古迹，相传西施浣纱于

　　此，故又名"浣纱溪"。

④ 越王：指越王勾践。

这首诗怎么起兴呢？看前两句："镜湖三百里，菡萏发荷花。"这两句诗场面真大。本来，写荷花嘛，像周敦颐说的，"香远益清，亭亭净植"就好，可李白不一样，他一上来，就把荷花置身于三百里镜湖之中，说这三百里镜湖都开满了荷花。这场面像我们熟悉的哪一首诗？有点儿像"接天莲叶无穷碧，映日荷花别样红"吧？但是还不一样。不一样在哪儿呢？

"接天莲叶无穷碧，映日荷花别样红"写的是状态，而"镜湖三百里，菡萏发荷花"还有动态。

这动态体现在"菡萏发荷花"的"发"字上。其实菡萏就是荷花，但也可以特指荷花的花苞。在这里，李白用的就是"花苞"这个含义。所谓"菡萏发荷花"，就是荷花一下子开放了。大家想，镜湖三百里广阔的湖面上，荷花呼啦啦一下子全开了，这简直就是化娇艳为壮美呀！为什么要这么描写荷花呢？

看下两句："五月西施采，人看隘若耶。"五月的一天，西施来采莲，围观的人把若耶溪都挤满了。原来，前两句的大场面，是为了烘托这后两句的大热闹。什么热闹呢？西施采莲。所谓爱美之心人皆有之，怎样表现美人的影响力呢？还记得在《陌上桑》里，秦罗敷采桑的场面吗？"行者见罗敷，下担捋髭须。少年见罗敷，脱帽著帩头。耕者忘其犁，锄者忘其锄。来归相怨怒，但坐观罗敷。"西施号称古代四大美女之一，她一出场，场面就更壮观了："五月西施采，人看隘若耶。"可以想象，这些人大多都打的是看荷花的名号，其实，哪里是看荷花，还不是来看这比荷花还美丽的西施。

我们讲《春歌》的时候，不是说过，只要"素手青条上，红妆白日鲜"两句，几种颜色一勾勒，就足以写出秦罗敷的美吗？到了西施这里，连这两句描写都不用，只要写出"人看隘若耶"的反应，我们已经知道西施的美貌程度了。这是什么手法？背面敷粉。西施头怎样、脚怎样、衣服怎样，我们全不知道，但是我们知道，她一个人，已经把三百里荷花都压倒了，这是何等惊心动魄的美呀！

但是也有评论家说，这两句诗写得不好。不好在哪里呢？按照历史记载，西施本来是若耶溪旁的浣纱女，若说她在若耶溪采莲倒还合情合理，放到镜湖，就虚了，有更改事实的嫌疑。而且，既然是到镜湖来采莲，那么，"人看隘若耶"就无法落实，毕竟若耶溪和镜湖之间还有好大距离，这不是自相矛盾吗？是不是呢？我个人认为，不能这么理解。本来，诗和历史就不是一回事，写历史固然要句句都有来历，写诗若是也这样要求，就没有好诗了。比方说，若是完全按照历史记载，西施就是浣纱女，连采莲都不能写，更遑论到镜湖采莲呢？那么，如果不考虑事实，诗人为什么要安排西施到镜湖采莲呢？

因为镜湖这个名字会让人联想到镜子。就像"越女新妆出镜心，自知明艳更沉吟"，你说这镜心是镜子，还是镜湖？这首《夏歌》也一样，"镜湖三百里"，既映照着荷花的美，也映照着西施的美。既然西施在镜湖采莲，为什么会"人看隘若耶"呢，因为若耶溪的终点就是镜湖，西施沿着若耶溪一路泛舟到了镜湖，而围观她的人们呢，也一路从若耶溪追随到了镜湖。船上是人，岸边还是人，大家都争睹西施风采，这不就是"镜湖三百里，菡萏发荷花。五月西施采，人看隘若耶"吗？

那么，有着如此美色的西施，后来又怎样了呢？看最后两句："回舟不待月，归去越王家。"她是白天出来采莲的，还没有到月上东山，她就已经回去了。回到哪里了呢？不是回到她在若耶溪畔的老家，而是"归去越王家"，到越王宫里去了。看到这两句，有没有想起王维那首著名的《西施咏》？"艳色天下重，西施宁久微。朝为越溪女，暮作吴宫妃。"说西施太美了，这样的美色天下都很看重，所以当然不会长久地卑微下去。你看她早晨还是越溪浣纱女，晚上就成了吴王宫里的妃子。为什么李白说"归去越王家",而王维要说"暮作吴宫妃"呢?因为李白写的是动机,而王维写的是结果。

西施不是一个一般的美女,而是身系复国重任的人。春秋后期,越王勾践被吴王阖闾亡国,他卧薪尝胆,发誓复仇。而西施就是复仇大业中的一个环节,作为美人计的实施者,她被越王勾践送入吴宫,迷惑吴王,最终让勾践复仇成功。

王维说她"暮作吴宫妃",说的是她最终的结局,而李白说她"归去越王家",则说的是她被越王选中,肩负起复国的使命。哪个好?那要看你表达什么思想。

王维写的是一首讽刺诗,说同一个人,在贫贱之时和富贵之时会有截然不同的表现,大家对她的态度也会与时俯仰,所以,王维会把笔墨落在西施发迹之后,落在"吴宫妃"上面。那李白呢?

李白想要表达什么?要知道,李白的四首《子夜吴歌》其实是四首女性的赞美诗,《夏歌》里的西施和《春歌》里的罗敷一样,不仅是一个绝色美女,更是一个具有高洁精神的女子。什么样的高洁精神呢?罗敷的精神是不慕权贵,一身傲骨;而西施的精神则是舍生取义,为国复仇。

所以,李白的描写,到西施进入越王宫就戛然而止了,因为她此后所做的一切，都是为了越王，为了越国。我们讲第一句"镜湖三百里，菡萏发荷花"的时候曾经说，这是化娇艳为壮美，西施的一生，又何尝不是化娇艳为壮美呢！

李白《子夜吴歌·秋歌》

每个季节都有每个季节的风物，也有每个季节的风情。春天的风物是采桑，所以李白用罗敷的故事；夏天的风物是采莲，所以李白用西施的故事；那秋天的风物又是什么呢？顾恺之（一说陶渊明）写过一首《神情诗》，诗中说："春水满四泽，夏云多奇峰。秋月扬明辉，冬岭秀寒松。"大概在古人心中，秋天的标志性风物就是清辉万里的月亮吧。"月儿弯弯照九州，几家欢乐几家愁。"秋夜素洁的月亮，又会映照出怎样的人生故事呢？下面我来跟大家分享《子夜吴歌》中最著名的一首《子夜吴歌·秋歌》。

子夜吴歌·秋歌

李白

长安一片月，万户捣衣①声。

秋风吹不尽，总是玉关②情。

何日平胡虏③，良人④罢远征。

---

① 捣衣：把衣料放在石砧上用棒槌捶击，使衣料绵软以便裁缝。

② 玉关：玉门关，故址在今甘肃省敦煌市西北，此处代指良人戍边之地。

③ 平胡虏：平定侵扰边境的敌人。

④ 良人：古时妇女对丈夫的称呼。《诗经·国风·唐风·绸缪》："今夕何夕，见此良人。"

这首诗用月亮起兴。怎么起呢？

看前两句："长安一片月，万户捣衣声。"我们之前一直说，李白的诗美。"秦地罗敷女，采桑绿水边"是春天明媚的美，"镜湖三百里，菡萏发荷花"是夏天浓艳的美，"长安一片月，万户捣衣声"呢？是秋天素洁的美。素洁在哪里？在"长安一片月"。月亮是静夜之中一个皎洁而柔性的存在。

诗歌中大凡写月亮，总是给人以素洁的联想。"却下水晶帘，玲珑望秋月"如此，"露从今夜白，月是故乡明"如此，"明月松间照，清泉石上流"如此，"长安一片月，万户捣衣声"还是如此。秋月明，秋月白，以秋月起兴，马上，整个画面都如同被水洗过，又仿佛笼罩着一层薄纱。但这两句诗又不仅仅是素洁，它还宏大。宏大在哪里？在"一片"和"万户"。一片月下，万户捣衣，整座长安城都笼罩在明净的月光下，整座长安城也都沉浸在一片此起彼伏的砧杵声中。月光从天上洒落到地下，捣衣声又从地面直达天上，这"一片"与"万户"背后，是天与地、月与人、光与声的交相辉映，这是多么宏大的场景啊！

然而，这两句诗不仅宏大，还柔婉细腻。柔婉细腻在哪里呢？细腻在月下捣衣这个特殊的场景。我们说过，《子夜吴歌》四首，都是在写女性，写女性的生活、女性的劳作、女性的心理、女性的命运。女性在春天采桑，夏天采莲，秋天呢？秋天最典型的活儿，就是捣衣了。所谓捣衣，并不是洗衣，而是把衣料放在石砧上用棒槌捶打。和元朝以后习惯穿棉布的人不同，在更早的时候，中国人主体都穿麻布。麻布坚硬，只有把它捣软，才能剪裁制衣。换句话说，捣衣是做衣服的前奏，而秋天，正是赶制冬衣的季节，所以，家家户户都要捣衣。这项工作耗时耗力，但并不那么精细，精打细算的主妇会选择在晚上，趁着月光来做。所以才会有"长安一片月，万户捣衣声"这样经典的秋夜场景。这样看来，"长安一片月，万户捣衣声"，短短的十个字，却那么富于季节的典型性，又那么素洁、宏大而细腻，起得非常高华。

"长安一片月"是秋色，"万户捣衣声"是秋声，那接下来呢？"秋风吹不尽，总是玉关情。"属于秋天的经典风物，不仅有秋色、秋声，还有那带着凉意的，撩人愁思的飒飒秋风。那秋风吹过长安城，它能吹走暑热，吹走落叶，却怎么也吹不尽思妇对玉门关外征夫的绵绵相思之情。这"玉关情"三个字从哪里来？其实早就蕴含在前两句诗里了。

望月怀远是中国文学的大主题，起兴既然是"长安一片月"，思妇怎能不想起"隔千里兮共明月"的丈夫？捣衣是制衣的前奏，要做冬衣了，思妇怎能不惦念身在塞外苦寒之地的丈夫？思妇身处长安城中，心却在玉门关外，她眼中看的，是那轮同样高悬在丈夫头上的月亮；她手里捣的，是即将穿在丈夫身上的寒衣。这就是思妇心中深沉绵长的"玉关情"，它一直横亘在思妇的心头，此刻又经秋风撩拨，更是挥之不去。这就是"秋风吹不尽，总是玉关情"。

"长安一片月，万户捣衣声"写景，景中含情；"秋风吹不尽，总是玉关情"写情，情中有景。场景也从天上写到地下，又从长安城一直跨到玉门关。写得情景交融，浑然天成。按照王夫之《唐诗评选》的说法，"是天壤间生成好句，被太白拾得"，所以，有诗评家说，到这里就够了。

那到底够了没有呢？李白觉得还没有，他又加了两句："何日平胡虏，良人罢远征！"如果说，前两句是景，中间两句是情，这两句是什么？是思妇深沉的喟叹，什么时候才能平定胡虏，让我的良人不再远征呢？这是什么？这是属于女性，也属于唐朝百姓的边塞诗。

说到唐朝的边塞诗，我们总容易想起那些壮怀激烈的诗句，其实，边塞的情怀，不只有"少小虽非投笔吏，论功还欲请长缨"的壮志，不只有"城头铁鼓声犹震，匣里金刀血未干"的激昂，还有"牵衣顿足拦道哭，哭声直上干云霄"的惨痛，以及"可怜无定河边骨，犹是春闺梦里人"的凄艳。没有前者，唐诗就没有了风骨；但是，没有后者，唐诗也就没有了良心。

如何理解"何日平胡虏，良人罢远征"呢？它当然不是好战的，但也并非绝对意义上的反战，它表达的，是一种更加温柔敦厚的感情，胡虏是要平定的，那是国家的大义；良人也是要回家的，那是个人的私情。这长安的思妇，既顾大局，又重情义，所以才会在这秋风凉、秋月明的秋夜之中，发出这样的喟叹："何日平胡虏，良人罢远征。"说到这里，大家觉得，这两句诗有没有必要？太有必要了，它把诗的境界一下子升华了。就像《春歌》里的罗敷，一定要到"蚕饥妾欲去，五马莫留连"，才能显出她的高洁；《夏歌》里的西施，一定要有"回舟不待月，归去越王家"，才能显出她的义烈；同样，《秋歌》里的长安思妇，也一定要到"何日平胡虏，良人罢远征"，才能彰显出她的家国深情。这不是"忽见陌头杨柳色，悔教夫婿觅封侯"那样的娇痴，而是一种更平凡也更深沉的情义，让这首诗显得格外打动人心。

我们说过，这首《秋歌》在四首《子夜吴歌》中名气最大，评价最高。为什么？不仅因为它的前四句浑然天成，还因为它和《春歌》《夏歌》不一样，它不是写哪一个女子，而是塑造了长安思妇的整体形象，她们朴实无华，她们情深义重，她们与国休戚。她们不是罗敷或者西施那样著名的美女，但她们代表着那个时代妇人们更普遍的生活和情感，像月光一样，清辉万里，抚慰着人心。

李白《子夜吴歌·冬歌》

　　一直觉得,《子夜四时歌》这个题目本身就特别有诗意。春天怎样,夏天怎样,秋天怎样,冬天又怎样,四季的风物也正是四季的心情,让人就在这样的季节轮回里,度过一年又一年。可是,四季到底应该是怎样的风物,怎样的心情呢?

　　宋朝的无门慧开禅师写过一首诗,到现在还广为传诵。他说:"春有百花秋有月,夏有凉风冬有雪。若无闲事挂心头,便是人间好时节。"这真是一位高僧写出来的诗,让人把一切挂碍都放下,心头全无闲事、俗事,这才能享受人间好时节。可李白不是高僧。我们最喜欢他的地方,恰恰在于,他是谪仙人,却又那么热爱人间,热爱人间的名山大川,热爱人间的美酒佳肴,热爱人间的功名利禄,也热爱人间的儿女情长。这天上的气度和人间的情怀结合起来,才是真正的李白,也才成就了真正的李白。

　　为什么要说这些呢?因为李白的四时歌,并非不管闲事的春花秋月、夏风冬雪,而是每个季节都有每个季节的事情,确切地说,是女人每个季节都有每个季节的活计。什么活计呢?

春日采桑，夏日采莲，秋夜捣衣，那冬天呢？若是闲人，冬日应该赏雪，像《红楼梦》第四十九回的"琉璃世界白雪红梅，脂粉香娃割腥啖膻"。可李白笔下的冬天，不是闺阁女儿打发时光的风雅，而是一个饱经风霜的主妇赶制寒衣的辛劳。他是怎么写的呢？下面我就跟大家分享《子夜吴歌》的第四首《子夜吴歌·冬歌》，也是我们本书的最后一首诗。

子夜吴歌·冬歌

李白

明朝驿使①发，一夜絮②征袍③。

素手④抽针冷，那堪把剪刀。

裁缝⑤寄远道，几日到临洮⑥？

---

① 驿 (yì) 使：古时官府传送书信和物件的使者。驿：驿馆。

② 絮 (xù)：在衣服里铺棉花。

③ 征袍：战士的衣裳。

④ 素手：白净的手，形容女子的皮肤白皙。

⑤ 裁缝：指裁缝好的征衣。

⑥ 临洮 (táo)：今属甘肃，此泛指边地。

看前两句："明朝驿使发，一夜絮征袍。"明天早晨驿使就要出发了，今天夜里赶紧给出征在外的丈夫赶制寒衣。这两句诗，真是匠心独运。一开头，就是满满的戏剧性。戏剧性在哪儿呢？在事出仓促，措手不及。本来，丈夫在边关打仗，妻子在家中守候，惦记当然是惦记，但也无可奈何。可是，忽然之间，驿使降临了，说要到丈夫戍边的地方去。这让每天牵肠挂肚的妻子何等欣喜！一定要给丈夫带点儿什么呀。可是紧接着，驿使又发话了，公务紧急，我明天一早就要走。这又让当妻子的何等焦虑！什么都想带，却又什么都来不及准备，怎么办呢？

还记得岑参的《逢入京使》吗？"故园东望路漫漫，双袖龙钟泪不干。马上相逢无纸笔，凭君传语报平安。"那也是忽然遇见了驿使，两个人都急着赶路，仓促之际，连写一封信都不行，只能"凭君传语报平安"。这一次呢？好歹还留了一夜的时间，思妇下定决心，挑灯夜战，无论如何也要给丈夫赶制出一件足以御寒的冬衣。这就是"明朝驿使发，一夜絮征袍"。

有没有人想过，为什么不是裁征袍，不是制征袍，而是"絮征袍"呢？因为这是冬天，是最冷的季节。妻子生怕丈夫不够暖，所以一定要絮一层棉，再絮一层棉，就是天宝宫女的"蓄意多添线，含情更著棉"，多少情意，就在这一个"絮"字里头了。"明朝驿使发，一夜絮征袍"，此时的思妇，其实也在自己的战场上，对她来说，"明朝驿使发"就是命令，她那"一夜絮征袍"的紧张与急切，一点儿也不亚于在真正的战场上厉兵秣马、枕戈待旦的丈夫。

接下来，就是紧张劳作的过程了。"素手抽针冷，那堪把剪刀。"这真是冬歌，十个字，季节感全出来了。很多人一定觉得，只有用皑皑白雪，才能表现出冬天的神韵吧。可是，李白就是李白，他不写雪，照样能让冬天寒冷而洁净。寒冷在哪里？在冬夜抽针把剪时的感受。冬夜做活儿，裸露在外面的手本来就是凉的，而针又是金属制成，金属导热，每抽一次针，手都会被冰一下，变得更凉一点儿，更僵硬一点儿。细小的铁针尚且如此，那更大的剪刀又会如何呢？岂不像握住一块冰一样令人生畏？这就是"素手抽针冷，那堪把剪刀"，冬夜的寒冷感活灵活现了吧？那洁净又在哪里呢？在素手上。

我们一直说，李白是追求美的。一个征人的妻子，一个操劳的主妇，她的手是什么样子？应该是粗糙皲裂的吧？但李白不会这样写，在李白的心里，在李白的笔下，这个普通的思妇也拥有一双如玉的素手，和著名的美女罗敷一样。可能有人会说，这不是违反现实主义原则了吗？是的，这不体现现实主义原则，但它体现了中国从屈原开始的另一个原则，象征主义原则。屈原笔下，为什么有那么多香草美人？因为诗人心中，永远孜孜寻求着明君美政。司马迁说："其志洁，故其称物芳。"李白继承的，正是这样一个伟大的象征主义传统。冬夜抽针的手必须是"素手"，因为冬夜抽针的人有一颗素心。本来，冬夜苦寒，银针不堪抽，剪刀不堪把，可是，这样的感觉非但没有让思妇放弃，反倒让她更加坚定起来，假使家里都已经这样冷，边关的丈夫又该如何呢？想到这里，思妇一定又暗暗加了一把劲儿吧。她对丈夫的万般情意全都寄托在这忙忙碌碌的一双手上，她的手怎能不是素手呢！冬夜固然是冷的，冷得让人不堪，但这刺骨的寒冷背后，又有那样温暖的情意，这焦急的针脚背后，又是那样绵长的相思，这才是冬天最美的画面啊！

写到这里，主要内容都已经出来了，怎么收尾呢？"裁缝寄远道，几日到临洮？"我把这千针万线做好的衣服托付给你，让你带给我远方的丈夫，请问，你要几天才能把它带到临洮？这真急，和开头一样急。开头急在哪里？在"明朝驿使发"。一上来，就是急如星火。那是谁急？驿使急呀，公务在身，不得耽搁，有什么东西要带，明天一早必须给我。想来，面对这样突如其来，不给人喘息之机的驿使，做妻子的，一定也抱怨过吧。

怎么这么急，怎么不多给我几天时间准备。可是到了结尾，"几日到临洮"，还是急。这一次是谁急？是思妇。现在不是驿使在催她，而是她在迫不及待地催驿使了。临洮这样遥远，你要几天才能到呀？从被人催到催别人，这不是剧情反转吗？为什么会反转？因为牵挂。

开头埋怨驿使着急出发，不让她准备更多的东西是因为牵挂，此刻怕驿使走得不够快，不能及时把寒衣交给丈夫还是因为牵挂。唐朝女诗人陈玉兰写过一首著名的《寄夫》诗："夫戍边关妾在吴，西风吹妾妾忧夫。一行书信千行泪，寒到君边衣到无？"李白这句"几日到临洮"背后，不就是"寒到君边衣到无"的焦虑吗？多少深情，多少牵挂，就在这反转过来的催促之中了。整首诗写得一波三折，而又语浅情深，真是民歌本色，李白风采。

说完冬歌，我们再来回顾一下这四首《子夜吴歌》吧。春歌写罗敷采桑，夏歌写西施采莲，秋歌写思妇月下捣衣，冬歌写思妇寒夜絮袍。从时间上讲，春和夏属阳，用白天的场景，秋和冬属阴，用夜晚的场景。从人物上讲，春和夏的主人公都是明媚鲜艳的女儿；而秋和冬的主人公则是体味过生活苦辣酸甜的妇人。虽说罗敷和西施是倾国倾城的奇女子，捣衣、制衣的思妇只是普通的征人妇，但我们何妨把这四首诗连在一起，想象成一个女儿的成长经历呢？她从青葱如桑叶的小女孩儿，长成明艳如荷花的大姑娘，再成长为一个经历了离别之苦的月下思妇，直至成为一个不仅能独自挑门立户，同时还能照应千里之外丈夫的成熟女性。

这不也是最丰满、最美好的人生四时吗？